D－鬼哭旅

吸血鬼《バンパイア》ハンター39

菊地秀行

朝日文庫

本作は二〇二〇年六月～二〇二一年三月、
「一冊の本」に掲載されたものに加筆しました。

目次

吸血鬼《バンパイア》ハンターDの世界

遙か未来の地球。人類は核戦争の末に衰退し、代わって〝貴族〟と呼ばれる吸血鬼たちが高度な科学文明を駆使し、全生命体の頂点に君臨していた。しかし吸血鬼の食糧と化した人類も反旗を翻してふたたび〝貴族狩り《ハント》〟を始め、荒廃した大地の上で、貴族VS.人間の争いは激しさを増していった。

吸血鬼と人間の間に生まれついた混血種《ダンピール》のDは、究極の吸血鬼ハンターである。様々な依頼主に雇われては貴族狩りを遂行するDの出自の謎とは？　この世界の隠された秘密と、そしてDの運命の行方は？　今日もまたDの旅は続く——。

イラスト／天野喜孝

第一話　エリザベートの墓

1

二日前から凄《すさ》まじい雨音が天地をどよめかせていた。稲妻が森を焼き、氾濫《はんらん》した川から溢《あふ》れた水に炎を映した。

幾つもの街道が通行止めとなり、急ぐ者たちは間道を進んだが、土砂崩れや山津波に巻きこまれる者が後を絶たなかった。

〈東部辺境区《セクター》〉の南に当たるチザムの村にも、豪雨の中を訪れる旅人はいなかった。

そのせいで、グリーデン家に集まっていた人々は、深夜の訪問者に眼を丸くし、たちどころにそれを恐怖の表情に嵌《は》め込んだ。

それには理由があった。

チャイムの音に応じたのは、壁に這《は》う蔦《つた》が三〇〇年の歴史を伝えるこの屋敷で最も歴史の古い――先々代から仕える老女と、ほんの二年前に雇われた一六の少女であった。

玄関に出て数秒後、交互にドアの探り窓を覗《のぞ》いた二人は、その場に恍惚《こうこつ》と立ちすくんだ。

何とか自分を取り戻して開けたドアの向うには、黒衣の人影が全身から水滴をしたたらせていた。

「こんな時間に、どちら様でしょう?」

尋ねる老女——ラミアに、人影は、

「D」

と名乗り、川に架かった橋が増水で流されたため、納屋の隅を借りたいと申し出た。

頬を染めた二人が居間へ戻ってその旨を告げるや、燃えさかる暖炉を囲んでいた人々が、前もって言い合わせていたかのように首を横にふり、屋敷の主《あるじ》たるレズロ・グリーデンが、

「こんなときに迷惑だ。断れ」

「そうとも」

とタキトス・グリーデンが酒臭い息を吐きながら、二人を睨《にら》みつけた。彼はレズロの妻・エリザベートの実弟であった。レズロは旧姓ダーレンス。婿《むこ》である。

「そんな用件を取り継ぐ莫迦《ばか》があるか。さっさと断れ」

「ですが、この雨で難渋するのは無理もないわ」

異議を唱えたのは、タリアである。レズロの兄・バンジャ・ダーレンスの妻は、思いやりのある意見にふさわしからぬ派手な衣裳《いしょう》と化粧で飾っていた。夫の方はソファの上で眼を閉じているが、睡眠中かどうか。

老女――ラミアが玄関に戻って、お帰り下さいと告げた。

粘りも見せず、鍔広《つばひろ》の旅人帽《トラベラーズ・ハット》をかぶった男は身を翻した。

過去に何千人もの来訪者に同じことを告げたラミアが、へえと唸《うな》るほど鮮やかな引き退《さ》がりぶりであった。その後で、老人は切なげに胸を押さえた。

雨を撥《は》ね返しながら、サイボーグ馬にまたがって門のところまで来た人影に、傘をさした少女召使い――イヴォンヌが走り寄った。

「納屋へご案内します」と言った。

「迷惑がかかるぞ」

と騎手が言った。

「いいんです。こんな土砂降りの中を追い返すなんてひどいわ。内緒にしておけば、わかりません。その代わり、雨が熄《や》んだら、すぐ出て行って下さい」

「承知した」

この地方でも五指に入る名家の納屋は、その辺の農家の規模を備えていた。

「役に立つものがあったら、自由に使って下さい。ここは私の担当ですから、いくらでもごまかしが利きます」

「感謝するぞい」

いきなり若者の左手あたりから嗄《しゃが》れ声が上がって、イヴォンヌは眼を剝《む》いた。何とか収めて、

「では、私はこれで」

一礼して戸口へ向かう細い背へ、

「いいのか？」

とDは訊《き》いた。

「え？」

イヴォンヌはふり返って、頰を染めながらDを見つめた。

「いや。行くがいい」

とDが口にしたのは数秒後のことである。

板戸が閉じると、

「やはり忘れておったか」

と左手が納得したように言った。

「まあ、よくある話じゃ。しかし、ここの一族も、さて厄介な連中ばかりじゃのお」

Dは地べたに置いた鞍《くら》に頭を乗せ、長剣を左肩に持たせかけて、眼を閉じた。

貴族――吸血鬼《バンパイア》にとって強敵ともいうべき〝流れ水〟の効力《パワー》は、その血を引くダンピールにも及ぶ。二日に及ぶ桁外れの大雨の間、Dはいっときも休まず馬を進めたのである。凄まじい疲労と悪寒が骨の髄まで浸蝕《しんしょく》しているはずだ。

眼を閉じたまま、女二人をひと眼で忘我の域に陥らせた美貌の構成分子のひとつ――血の気

も知らぬ唇が、

「エリザベートの墓か」

とつぶやきを洩《も》らした。


「そうだ」

とタキトスが暖炉上の置時計を見て、両手を打ち合わせた。

「そろそろ時間だ。どうするんです、義兄《にい》さん？」

この居間に入って来てから——つまり三時間余り前からソファに坐りこんで、何かに追い詰められているみたいに指を組み合わせたり、拳を嚙《か》んだりしていた主《あるじ》——レズロ・グリーデンは義弟の誘いにもすぐ返事はしなかった。

よし、とうなずいたのは、タリアがレズロさん、と促してからだ。

「男だけついて来い」

彼はテーブルに載せてある布包みをほどいた。広がった布地の真ん中には、三本の白木の杭《くい》と石炭を砕くハンマーがこれも三本並んでいた。

レズロ、タキトス——そして、重々しく立ち上がった眠り

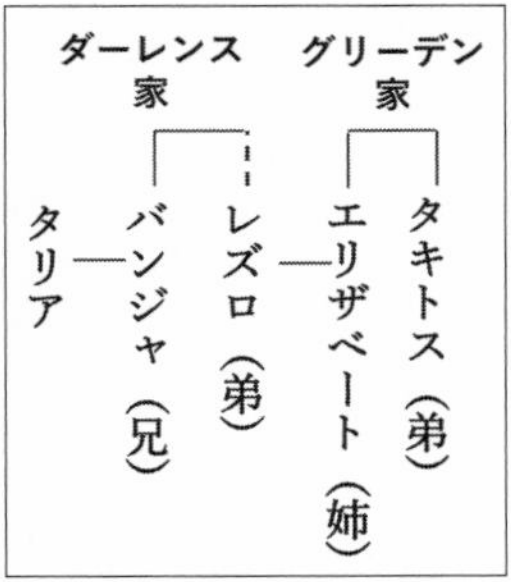

目のバンジャは、硬い動きで杭とハンマーを摑《つか》んだ。額から噴き出し頰を伝わる汗が光点のように見えた。

「行くぞ」

ひと声かけて、レズロは居間を出た。二人が続く。

廊下を真っすぐ進み、母屋の北端に当たる鉄扉の前に出た。

レズロがガウンのポケットから取り出した鍵でロックを外した。

幅広い石段が下へと緩やかに続いている。左右の壁面に象嵌《ぞうがん》された電子灯の光が妙に白っぽいだけに、うっすらと残る闇の名残りが、かえって不気味さを醸し出している。

三〇段ほど下りると、広い石室に着いた。通常の倍はある墓所であった。天井も高いが、石の持つ圧搾感はいかんともし難い。

前方の石壁に、おびただしい柩《ひつぎ》が収納されていた。三〇〇年の歴史が生んだ終《つい》の棲家《すみか》であった。

レズロが右端下段の柩に近づき、杭とハンマーをガウンのポケットに仕舞って、柩の把手《とって》を摑み、一気に引き出した。

石と石がこすれ合う響きが長々と続いて、柩は後端のストッパーを穴の端に引っかけて停止した。蓋の表面には美女と薔薇《ばら》の浮き彫りが刻まれていた。

「時間は？」

杭とハンマーを持ち直したレズロが訊いた。バンジャがベストのポケットから金鎖付きの懐中時計を取り出し、

「零時まであと一分と少しだ」

「蓋を開ける」

三人はぎごちない動きで殺戮者《さつりくしゃ》と化した。

タキトスは柩の頭、バンジャはレズロの向いで杭とハンマーを胸前に構えた。

レズロが石の美女の顔に触れると、柩の蓋は静かに足の方へずれていった。

それが停止したとき、三人は頭から黒衣の屍衣《シュラウド》に包まれた女――レズロ・グリーデンの妻、エリザベートの遺骸を見下ろした。

「零時までちょうど一〇秒」

とバンジャが告げた。

「しくじるなよ、義兄《あにき》」

タキトスが念を押すように言った。

返事もせず、レズロは妻の左胸のふくらみに杭の先を当てた。

「七秒」

とバンジャが言った。

「……六秒……五……四……」

レズロがハンマーをふり上げた。

風を切る音か、勝利と決意と絶望の吐気か。それは確かに杭を打ったのである。

「うおっ⁉」

レズロが叫んだ。杭は妻の心臓に吸いこまれた。肉と骨の抵抗はなかった。杭先が石棺の底を打撃する手応えを知る前に、彼は杭を手放して、呆然《ぼうぜん》と実体なき妻を見下ろした。

「いない！」

狂気のように顔を見交わし、レズロは杭を空蟬《うつせみ》の衣裳に突き刺した。

「納棺されてなかったのか⁉」

こう叫んでタキトスは激しく首をふった。

バンジャが、いやと言った。

「いや、おれも見た。一年前、姉貴は——エリザベートは確かにこの柩に入って、ここへ収められたんだ」

首を傾げて、

「なのに姉貴はいねえ。宝もねえ。何処《どこ》へ行っちまったんだ⁉」

立ちすくむ三人の耳に、階段の上からラミアの叫びが届いた。

「タリア様が——タリア様が、血を流して」

墓所のドアは開け放たれていた。

駆けつけた三人が見たものは、私室のベッドに横たわるしなやかな肢体であった。頸《けい》動脈に二つの〝貴族の印〟――歯型がはっきりと残っていた。

イヴォンヌが流血を拭き取り、寝巻に着替えさせたところであった。ベッドのかたわらには、サイド・テーブルから落ちた陶器の水差しの破片が散らばっていた。

「みなさまが居間を出られてすぐ、タリア様は眠くなったとこちらへ戻ったのでございます」

「ひとりでか？」

レズロが訊いた。名家の主は蒼白《そうはく》であった。

「いえ、私がついて参りました。タリア様はよいと仰ったのですが、つかせていただきました。今夜は特別の晩でございますから。お部屋の前で失礼いたしましたが、居間へ戻ったとき、何か砕ける音がいたしました。それで引き返すと、タリア様はベッドの上で血にまみれていらっしゃいました。そこで、すぐ、ラミアさんにお知らせしたのです」

老召使いは地下室の戸口まで走って、三人にこの惨事を告げたのであった。

窓は破られていないが、貴族は霧に変化《へんげ》すると、〈辺境区〉の人間はみな心得ている。

新たな惨劇に全員、声も出ないでいるうちに、タリアが眼を醒《さ》ました。

部屋に入ってベッドへかけたら、水が飲みたくなって水差しを手にした。ドアの方に人の気配がした。ふり向くと、真っ青な顔に真っ赤な唇の女が立っていた。その眼を見た途端、何もわからなくなったという。

あの眼、あの眼と口走って、タリアはまた失神した。

「イヴォンヌ——ついててくれ。同じ日に二度はやって来ないだろう」

「はい」

「私がついていた方がよろしいと存じます」

とラミアが申し出た。レズロは納得した。

「おまえなら、〝もどき〟体の扱いにも慣れておる。二人で頼むぞ」

男たちは居間に戻った。

「どうする気だよ、義兄《にい》さん?」

とタキトスが突っかかった。凶相である。

「姉貴は、予言どおり一年で甦《よみがえ》ったんだな。タリア義姉《ねえ》さんもやられたし」

「そうだ。おれは何とでもするが、おまえたちはどうする? エリザベートが狙っているかも知れんぞ」

「莫迦なことを言うな。知らねえ、知らねえ、何も知らねえよ、なあ、義兄《にい》さん?」

タキトスはバンジャに同意を求めたが、この口数の少ない男はしばらく沈黙し、

「あの魔女を呼ばなくてもいいのか?」

と訊いた。

「何日も前から声をかけてるんだが、とうとう連絡は取れず終《じま》いだ」

「エリザベートが一年後に甦ると言ったのは、あの婆さんだ。吸血鬼となってな。そして、もう犠牲者が出てしまった」

　バンジャは深い溜息《ためいき》をついた。犠牲者は彼の妻であった。弟――レズロの方を向いて訊いた。

「一年後に甦って、おれたちを殺す――ま、無理もないか」

　彼はテーブルの上から古代酒《ワイン》の瓶を取り上げ、並んだグラスのひとつになみなみと注いで、一気に飲み干した。上下する喉仏を、タキトスは呆気《あっけ》に取られた表情で眺めた。

「驚いたね、バンジャ義兄《あにき》、そんなに強いとは思わなかったぜ」

「おれもだ」

　とレズロが眼に冷光を宿らせた。

「いつからそんなにいける口になった？　いくら何でも、完全な下戸が急にここまで強くなるとは思えん。おまえ――本当にバンジャか？」

　彼はガウンのポケットから、連発式の火薬銃を取り出し、撃鉄《ハンマー》を起こした。

「待ってくれ。ここ一年で覚えたんだ。おまえもわかるだろう？」

　タキトスがいいやと首をふった。

「それにしちゃ、顔がちっとも赤くならねえな。ボルドーの古代酒だぜ。いまみてえな飲み方をしたら、飲みつけねえ野郎なら、急性アル中であの世行きだ。おれの村の古老に聞いたら、義姉《ねえ》さんの家系には、〝顔替え〟って技が伝わってるんだってな。あんたもそれじゃねえのか？」

「やめろ」

バンジャは右手の瓶をテーブルに叩《たた》きつけるように置いた。

「今更、おかしな言いがかりをつけてどうするんだ？　エリザベートの遺産を独り占めにしたくなったのか？　忘れんなよ、あれを見つけたら山分けだ。殺したおれたち三人の手でな」

2

過去はいつも背負っていた。いま、その重みが意表を衝《つ》いてのしかかって来た。そのとき、
失礼いたしますの声と同時に、イヴォンヌが入って来た。

「失礼ですが、玄関に是非ともお目にかかりたいという方が参っております」

「誰だ？」

レズロが刺々《とげとげ》しい声を放った。

「先程いらした方を、私が勝手に納屋へお泊めしたのです」

「何ィ？」

主の怒りの激動波を、しなやかな肢体の持ち主は、あっさりとやり過ごし、

「その方は、Dと仰る貴族ハンターでございます。いま、その方の下へ、奥様らしい方がおい

でになったそうで」

今度は声もなく、三人分の視線が少女の細面に集中した。

「――レズロ、Dといえば」

バンジャの声は珍しく昂《たかぶ》っていた。

主はイヴォンヌをねめつけるようにしながら、

「通せ」

とうなずいた。

Dが居間へ入って来るなり、男たちはやっと、最初の応対に出た女たちが頰を染め、いままでも染めている理由を理解した。

「グラスをお持ちしろ」

とレズロがイヴォンヌに命じると、

「酒は飲《や》らん」

その声だけで、男たちは全身が麻痺《まひ》した。

「先刻――零時を廻《まわ》ったところで、黒い屍衣を着た女が納屋へ入って来た」

「どんな女だった？」

「腰までかかる赤毛《ブルネット》、黄金の四連ネックレス、裸足だ」

「どうして、私の妻だとわかった？」

「この家の女主人エリザベートと名乗った」

レズロは眉を寄せ、

「何故、現われたか言ったか？」

「お返しに行くそうだ」

そのとき、Dは浅い眠りについていた。雨による体力の消耗は猛烈なものであった。分厚い泥濘《でいねい》のごとき眠りの底から眼醒めさせたのは、近づいて来る者の気配であった。足音は一切なかったのだ。

右手が長剣の柄《つか》にかかったとき、

「D」

と呼びかける声がした。その中にDは血の香りをかいだ。

女は少しも濡《ぬ》れていなかった。

「私の名はエリザベート、この館の女主人です」

と言った。陰々たる鈴の音を思わせる声は、Dでなければその妖《あや》しい響きに脳まで痺《しび》れさせていただろう。

そして、

「一年前に死にました」

とつけ加えた。

「その割に血の気が良いの」

左手の嗄れ声にも眉を寄せたきりで、

「そして、いま甦ったのです。長いこと眠っていた血の中のものによって、真の自分として」

「貴族の血脈か？」

とＤが訊いた。

「左様でございます」

「それを隠して何年この館に君臨したのじゃな？」

「すべて、あなたの問いとして扱いますぞ」

「よかろう」

「この地に人間の子として生まれて三〇余年。流れる血の意味を知ってはいたけれど、それは顕われませんでした。このまま平凡な一生を終えられるかなと思っていたのですが」

エリザベートは美貌であった。決して浮かんではならない翳《かげ》りが、その面《おもて》を刷《は》いた。

「私はこれから、いま館にいる者たち全員の血を吸いましょう。Ｄよ、それを止めて下さいませ」

「おかしなことを言うのお。殺そうとする自分を止めてくれと？」

「お礼は――これを」

エリザベートは左手の薬指から青い石の指輪を抜き取って、Ｄに差し出した。自らの滅びのための報酬を。

Dは無言で受け取った。

「感謝いたします」

すうと、黒い影は後じさり、雨の中に溶けた。

「変わった女じゃな。だが、報酬を受けた以上、申し出は受けなくてはならん」

Dが話し終わると、

「それだけかね？」

とレズロが疑わしげな眼を向けた。

「それだけじゃ」

荒々しい嗄れ声が、館の主を後じらせた。

「引き受けた以上、おれは依頼主を処断する。邪魔はするな」

「そんなこたしねえよ」

タキトスが親愛に満ちた声で言った。

「正直、みなで死人みてえな面を突き合わせていたんだ。これで助かった」

「おれはエリザベートを処分してくれと依頼された。おまえたちの生命《いのち》を守れとは聞いていない。生命は自分で守れ。おれが助けたとしても、それは結果論だ」

「エリザベートの倍出そう」

とレズロが身を乗り出した。

「それで我々を守ってくれ」

「真逆な依頼は受けけん」

「――しかし」

「何故、エリザベートはあんたのところへ行ったんだ？」

バンジャである。

「ダンピールがいるのは、貴族の勘でわかっても、あんたの名前まではわかるまい」

「それは質問するのがおかしいぜ」

タキトスが嘲笑した。

「どうしてだ？」

「この色男っぷりを見ろよ。絶望の闇夜に点《とも》る光そのものだ。〈辺境〉に生きる者なら、人間だろうと貴族だろうと、一発でわかるぜ」

「犠牲者がいるな。案内しろ」

Dの眼はドアの方を見た。視線を延長すれば、タリアの部屋に届くような気が全員にした。

誰もどうして？　とは訊かなかった。

イヴォンヌが呼ばれ、Dの先に立って居間を出た。

「何だあいつは？　瞬間的二重人格か？」

タキトスが床の上へへたりこんだ。左手の声のことである。

「いいところへ来てくれた、と言うべきかどうか」

レズロがバンジャを見た。昔から寡黙だが、頼りになる兄であった。

「いまのエリザベートを始末してくれるなら、大助かりだが、エリザベートの意図がわからない。自分で自分を滅ぼしてくれとは、どういうことだ？」

「滅ぼすのはいいけどよ、姉貴の〝遺産〟はどうなるんだ？」

タキトスが嚙みついた。

「みな、あれが欲しくて姉貴を殺《や》ることに決めたんだ。それが見つからねえ」

屋敷も土地もすべてはエリザベートの所有であり、婿養子のレズロには一ダラスの使用権もなかった。レズロの実家も土地の素封家《そほうか》であったが、エリザベートの家から結婚の申し込みがあったとき、彼も両親も、一も二もなく受けた。エリザベートの美貌もさることながら、天文学的といわれる資産に魅《ひ》かれたのは言うまでもなかった。

館での生活は申し分のないものであった。

唯一の計算違いは、経済的支配が、エリザベートの手に握られていたことである。入ってしまえば、いずれと思っていたレズロは、たおやかで静かなエリザベートの芯の強さを知る羽目になった。

生活の費用《ついえ》は、金庫から好きなだけ持ち出せたものの、主《あるじ》としての好き放題な浪費には遠く及ばず、レズロは煩悶《はんもん》した。途方もない財産の存在を間違いなく感じるだけに、煩悶は懊悩《おうのう》に変わった。

妻の留守に彼は宝探しを敢行した。しくじると、次に〈区《セクター》〉外で雇った盗みのプロを使った。結果はすべて「不明」と出た。普段の生活に不自由はないだけに、想像も出来ぬ財産を使う夢は、やがて現実の願いへと化していった。

結婚一〇年後のある日、彼は妻の食事に毒を盛りはじめた。

毒の入手係はタキトスであった。

〈南部辺境区〉の妖術師や魔女たちとつき合いのある義弟は、財産の一部譲渡を約束に、魔術用の毒を手に入れ、不実な義兄に手渡したのである。

一年をかけて生命を奪った薬は、〈都〉から呼んだ医師にも検出できず、エリザベートはついに緩慢で原因不明の死を迎えた。

臨終の床には、レズロとタキトス、バンジャ夫婦の他にもうひとり、チザムの村の魔女医師・ママ＝チューバが加わった。彼女の下を訪れたイヴォンヌは、死の床にお連れするよう奥様に申しつけられましたと言った。

そして、ママ＝チューバは居合わせた四人にこう告げたのである。

「エリザベートの死に何が絡んでいたのか私は知らないし、知りたくもないが、きっかり一年後の今夜零時、彼女は甦るよ。一体何がこんな風に、やさしい女を変えてしまったんだね？　あんたたち四人には凄まじい死の翳《かげ》が取り憑《つ》いている。よくお聞き、エリザベートは貴族と名乗るだろう」

　どういう意味だと、全員が食い下がった。

「グリーデン一族には、貴族の血が流れているのだよ。私は曾祖父から聞かされていた。貴族の血を引けば、〝もどき〟かダンピールだ。けれど、グリーデン一族は三〇〇年以上を人間として通して来た。疑惑の眼を向ける者はひとりもいなかった。こういう一族もあるとしか言いようがないね。でも、血は眼醒めるよ、怨念によって、きっかり一年後に。その結果はどうあれ、用心することだね。断っておくが、その間にエリザベートの遺体をどうこうしようとしたら、その場で死が襲うよ」

　用心する前に、彼らは遺産を求めた。エリザベートが床《とこ》についてから、ことあるごとに集って家中を捜したが、ついに発見されず、恐るべき考えに行き着いたのである。

「エリザベートの体内じゃねえかと、墓を暴こうとしてみたが、やらせたゴロツキどもが怪死しただけだった」

　タキトスが古代酒のグラスを一気に空けた。息を吐《つ》きながら、

「それで、婆あの予言が正しいとわかったんだ。後は待つしかねえ。その挙句がこの様《ざま》だ」

「とにかく、エリザベートはあのハンターに任せて、おれたちは自分の守りを固めよう」

バンジャが最も正しい内容を口にした。

荒々しくドアが開いて、入って来たイヴォンヌが、

「タリア様が――いなくなりました」


Dを迎えたのは、床に倒れたラミアと人のいないベッドであった。左手がすぐに、

「窓は閉じたまま――つまり、タリアとやらは〝主人〟と同じ能力を持ったということじゃ。一回の吸血で本物になるとは、エリザベートとやらはかなりの大物じゃぞ」

Dがラミアの顔を左手でひと撫《な》でしたところへ、三人が入って来た。

覚醒した老婆は、うたた寝して気がつくと眼の前にタリアがいて、真っ赤な眼でひと睨みされた刹那《せつな》に意識を失ったと告げた。

真っ先に駆けつけたタキトスは、残る二人へ、

「これで二人目か。おい、女房の始末くらいはつけてくれよ、バンジャ」

「ああ。おれがやられたら、次はおまえにしろと言っておくよ。念入りに殺してくれとな」

「この野郎」

二人の対立を、中間的存在は無視した。レズロはDへ、

「もうひとりの始末を頼めるか?」

と訊いた。

「よかろう」

「ほっとしたよ。兄さん、ひと安心だ」

「よろしく頼む」

バンジャは頭を下げた。偏見は少ない人柄らしい。ダンピールで超一流のハンターともなれば、人間より貴族に近い。間近で見れば、敬遠したくなるのが人情だ。

「今夜はおれが見張る」

とDは言った。後は勝手に休めという意味だ。

「みな、居間で眠ろう」

とバンジャが提案した。Dがついていれば、いくら二人いても夜襲はかけられまい。夜が明けたらみなで、吸血女《め》たちの隠れ家を捜そうということになった。

Dの立ち会いの下、納戸から予備のベッドが運ばれた。ラミアとイヴォンヌが汗を流しているところへDが来た。

二つのベッドを空中へ放り、まとめて肩に担ぐのを見て、イヴォンヌが眼を丸くした。

「後はソファでいい。おまえたちは狙われていない。部屋へ帰って休め」

ベッドを担いでDが歩み去ると、

「〈辺境〉一の貴族ハンターが、荷物運びまでやってくれるとは――あたしのためじゃないね」

とラミアが、イヴォンヌへ笑顔を送った。少女はあわてて、

「私は何も——変な気を廻さないで下さい」

「内緒で納屋へ泊めてやったじゃないか。それで恩に着てるんだよ」

イヴォンヌは笑い返した。何処か、もの悲しい笑みであった。

「あの人がそんなこと——人間《ひと》の情なんかとは無縁の人よ」

「へえ、どうしてわかるんだい？」

興味津々の視線から、イヴォンヌは眼をそらした。幾つも胸にかかることがあった。それが何なのか、少女の内側《なか》では霞《かすみ》のようにぼやけたまま、形を取ってくれなかった。

生ける死者たちは姿を見せず、夜明けと同時にDはチザムの村までサイボーグ馬を駆った。

3

Dがいないと知るや、三人の男たちの捜索の意欲に急速に翳が差した。

二人の召使いに何処へ行った、いつ戻ると訊いても、存じませんの一点張りである。

「ダンピールのやることたあわからねえ」

とバンジャが、相も変わらぬ酒臭い息を吐き、

「時間はつぶせない。陽のあるうちに女どもの墓場を捜し出そう」

タキトスの提案に主のレズロも同意して、家捜しがはじまった。

地下倉庫から、階上の各部屋、屋根裏にも隈《くま》なく手を伸ばしたが、女たちの姿はなかった。

午後半ばに捜索を終え、居間のソファで休息を取っているうちに、レズロがいきなり、

「隠し部屋だ！」

と喚《わめ》いて手を打った。

後の二人ばかりか、お茶を運んで来たラミアとイヴォンヌも眼を丸くした。

「そんなものがあるのか？　どうしていままで言わなかった？」

タキトスが詰問すると、レズロはあわてて片手をふり、

「いや、違うんだ。昔――酔っぱらって屋敷ん中をほっつき歩いていたときに、確か――どっかの壁から、エリザベートが出て来たんだ。おれには気づかず行っちまった」

バンジャが眼の色を変えて、

「いままで思い出さなかったのかよ？」

「ちょっと先が北棟へ通じる曲り角だったんだ。てっきり、そこから出て来たんだと、自分を納得させちまったんだな」

「その曲り角は覚えてるのか？」

「ああ。行ってみるか」

「勿論《もちろん》だ」

三人はテーブルに投げ出した杭とハンマーを手に取って立ち上がった。怯《おび》えも疲れも感じさせない動きであった。富への渇望が全身に力を漲《みなぎ》らせていた。

Dが訪れたのは、チザム村の西外れに建つ、木立ちに埋もれた一軒家であった。

玄関のドアに掲げられた木の板には、簡潔に、

「魔女　ママ＝チューバ」

とあった。〈辺境〉での魔女は、忌み嫌われる存在ではない。占星術、魔方陣、カード、様々な薬物、動物を駆使しての予言《フォーチュン・テラー》は、村の生活や旅路への指針として重宝がられたし、みなそれだけの効果を上げていた。

板からぶら下がった木槌《きづち》で板を叩くと、少しして腰の曲がった老婆が現われ、Dを見た途端に、しゃんとなった。

「驚いたよ。こんないい男がこの世にいるなんて――Dだね？」

話はとんとん拍子に進んだ。

Dはエリザベートとの会話を話し、

「ははあ、成程ねえ」

とママ＝チューバに溜息をつかせた。

「依頼を実行するのは簡単だ。夜になってエリザベートが現われるのを待てばいい。だが、彼

女は男どもを殺そうとする自分を滅ぼしてくれという」

「気になるのかね？」

老婆は細い眼を光らせ、面白そうに訊いた。

「あたしの知ってるDって男は、依頼人の事情さえも斟酌《しんしゃく》せずに仕事を果たすって聞いたけど」

「果たして終わりとは限らん」

「ふーむ」

ママ＝チューバは納得した風に腕を組んだ。

「エリザベートの家系は三〇〇年おかしな噂《うわさ》ひとつたてず、この地に続いた。それがいまの亭主を選ぶとは思えん」

「ま、親戚同士になるわけだからね」

ママ＝チューバは木机のグラスを手に取って、琥珀《こはく》色の中味をひと口飲《や》った。

「あたしにも、正直その辺の事情はわからないんだ。けど可能性はそれこそ山ほどあるけれど、あんたなら的を絞れるんじゃないのかい？　ひとつ聞かせておくれよ。あたしの考えてるのより、ぴったしかも知れない」

「エリザベートは、あの亭主を愛していたのかの？」

いきなりの嗄れ声が、もうひと口飲ろうとしていた中味を吐き出させた。

むせる胸を叩きながら、

「年寄りを驚かせるんじゃないよ。——答えは、わからないね、だ」

「ふうむ。愛していないとは言えんのじゃな」

「そんな生臭い話は、この歳になってしたかないんだけどね」

「ふーむ」

左手は考えこんでいるようであった。

「エリザベートの柩に呪いをかけたのはおまえだな？」

これはDの問いだ。ママ＝チューバはためらわず、

「ああ。きっかり一年の間、墓を暴こうとする者全員に——とエリザベートの依頼でね。あの女《こ》が貴族の血に身を委ねて甦るまで、それだけかかるのさ」

Dは少し考え、それからある質問をした。

老婆は、はっと表情を変えた。してはならない質問というルールを、難なく破られた——そんな顔つきになった。驚きより、呆気というのが正しい。

「それは……正直……あたしの曾祖父《ひいじい》さんが、そんなことを言ってたような気もするよ。けど……それじゃあ……意図的に……」

男たちは疲れ切っていた。

隠し部屋はついに見つからず、四時間以上の空しい時間を費やした挙句、居間のソファや床にひっくり返って荒い息をついた。

酒だ、とレズロが叫び、銀盆を掲げて来たラミアに、

「おまえは隠し部屋の場所を知らんのか？」

と訊いた。

「存じております」

三人揃《そろ》って跳び上がった。

「どうして黙っていた⁉」

「訊かれませんでしたので」

「こ、この」

と言うのが精一杯であった。いますぐ案内しろということになり、全員、ワインを一杯ずつ飲ってから、ラミアの後に尾《つ》いて廊下へ出た。

さっき、さんざん捜した通路の、右中央の壁の前で足を止め、ラミアは、

「こちらです」

と告げた。

「記憶にいちばん近い場所だ。何度も調べた」

「失礼ですが、どのように？」

「スイッチを捜して、ぶっ叩いた」

老婆は冷たい声で、

「それでは何にも」

と言ってから、壁の右下の部分へ膝蹴りを放った。

ゆっくりと回転しはじめる壁板を見ながら、男たちは顔を見合わせた。

内部は小体《こてい》な納戸ほどの広さだったが、目的の品のひとつが置かれていた。

木の柩であった。

戸口から入る光を盾に、バンジャが走り寄って蓋を開いた。予感もあった。

「タリア⁉」

彼は頭を抱えたが、杭とハンマーは放さなかった。

柩に眠る妻は血の気を失い、食いしばった唇から二本の乱杭歯《らんぐいば》を覗かせていた。姿を消したときの服装だ。左の首すじあたりに血がこびりついている。

「柩の他は何にもねえぜ、畜生——エリザベートの遺産は何処にある？」

タキトスが宙に拳を走らせた。

「とにかく、始末しろよ、義兄《あにき》——おれたちは外に出てる」

「いや、いてくれ」

バンジャは疲れ切った声をふり絞った。

それから起きたことは、ハンマーが杭を打つ音と、凄まじい悲鳴と歯を食いしばる音から成る、〈辺境〉では日常の、この館でははじめての出来事であった。

「よくやった」

幽鬼のように変身した兄を助けて居間へ戻ったレズロに、イヴォンヌが、Dの帰還を告げた。

「タリアを始末した」

ソファで肩を落とすバンジャの全身は、悲哀に包まれて見えた。

「どうやった？」

「心臓に杭を打ちこんだよ」

「いかんな」

左手の声が、一座を緊張させた。どの顔にも「驚愕」と書いてある。声の意味を問う前に、Dは、

「何処にある？」

と死体の行方を訊いた。

Dの後を追った三人がバンジャを先頭に隠し部屋へ入ろうとした途端、美しい黒い風が彼らを跳ねとばして通路を北棟の方へと流れ去った。

「——何て野郎だ」

罵《のの》るレズロとタキトスの耳に、タリアがいねえぞ、と絶叫するバンジャの声が反響した。

北棟は滅多に使わぬ場所らしく、どの窓にも白いカーテンが引かれていた。ハンターというよりダンピールの血の勘か、Dは真っすぐ、とっつきの礼拝堂へ入った。〈辺境区〉では最も広範な教区を持つある宗派の聖具が掲げられた正面の説教壇の前に、寝間着姿の女が立っていた。

聖具の上の天窓から差す光は、女の影を地に映していなかった。Dに背を向け、窓の方へ両手を差しのべて立つ姿は、光を求める罪深い聖女のように見えた。

Dが歩き出すと、女はゆっくりとふり返った。豊かな左の乳房のやや下から、白い杭が生えている。そこから広がる血の染みは、むしろ美しく見えた。

「――Dね。前の名前はタリアだったわ」

Dの代わりに左手が、

「陽の下を歩く貴族はたまあに見るが、杭を刺されても死なぬ奴ははじめてじゃ。あいつは、ここまで成功していいたか」

声には感嘆が含まれていた。

「おまえの血を吸った仲間も同じだ。――何処にいる？」

とDに変わった。

「言えないわ――捜してごらんなさい」

青白い頬が、かすかに桜色を刷いている。Dを見たせいだ。眼をそらして、また光を仰いだ。

「貴族の仲間になると、太陽に灼《や》かれると聞いていたけれど、こうしているととても胸が高鳴るの。貴族はみなこれを望んでいるのかも知れないわ」

「闇に生きる者に光は不要だ」

Dは切り捨てた。

「しかし、別の存在を生み出そうとした者がいる。おまえの今の主人を造り出した奴だ」

「おお、おお、何て素晴らしいことを。私はいま、どちらでも生きられる。闇の中でも光のただ中でも。みなそうなればいいわ」

その足下に赤いはねが跳んだ。タリアは両眼を吊《つ》り上げてから、Dへ眼をやった。こちらに突き出された左手の平の中で、小さな口が端についた血の珠《たま》を舐《な》め取った。

「血を与えてやろう。我慢が出来るか？　吸わずにいられるか？　おまえはまだ新しい存在にはなり切れていない」

「――そうかも知れない。いいえ、我慢なんか出来ないわ。D――見ないで頂戴な」

Dの右手が肩の柄にかかるのを、タリアは見た。

「でも、あなたには私を斃《たお》せない。ご覧なさい。私は心臓を貫かれても滅びない存在なのよ」

タリアの両眼が赤光《しゃっこう》を放った。

躍りかかろうとしたその胸をDの刀身が冷え冷えと貫いた。いつ抜いたのか、タリアにはわからなかったと、驚きの表情が告げている。

それが、牙《きば》を剝いて笑った。

タリアは大きく後方に跳ねた。刀身は抜け落ちた。

「いまの私は貴族と同じ。でも、どんな貴族をも凌《しの》ぐ力を持っているわ。――D」

と呼びかけた。タリアは美青年の眼差しに気づいた。しんとした黒瞳《こくどう》に赤いすじが一本映っている。それは刃の切尖《きつさき》から彼女の胸に続いていた。

血の糸は切尖から地上へつながり、その太さを増していった。

「おまえの血だ」

とDは言った。

「じきに抜け切れる。生命の源《みなもと》がな。朽ち果てる用意をしておけ」

タリアは獣のように吠《ほ》えた。その刹那、胸部から爆炎のように鮮血が奔騰し、彼女の全身を赤く染めた。

そのまま佇《たたず》む身体を、音もなく走り寄ったDの刀身が、もう一度刺し貫いた。

「気の毒に。おまえが並みでなければ、こ奴も普通のハンターではないのじゃ」

左手の声を聞きながら、タリアの身体は床に倒れたが、塵《ちり》にはならなかった。

居間の前まで来ると、かん高い悲鳴が聞こえた。ラミアだ。

跳びこんだDの前で、老婆は床にへたりこんで動かず、タキトスとレズロは失神していた。

左手で顔面をひと撫でずると、ラミアは息を吹き返した。

Dが質問する前に、

「食堂に用意が出来ましたとお伝えに来たところ、お二人が倒れていて、バンジャ様を抱きかかえたエリザベート様が部屋の真ん中に立っておられました。口にべったりと血がついて、あまりに怖くて、私は気を失ってしまいました」

「よく倒れる女じゃな」

左手が感心した。

「しかし、真っ昼間から現われるとは――男どもも度肝を抜かれたじゃろう。気の毒に、次の〝貴族もどき〟はバンジャか」

Dは二人を眼醒めさせた。失神に到る事情はラミアの話したとおりだった。

三人でこれからのことを相談していたら、いきなり女の笑い声が聞こえ、眼の前にエリザベートが立っていたという。三人揃って杭をふりかざしたが、その手を摑まれただけで、気を失ってしまった。

「まさか……本当に昼間から現われるとは……」

青痣《あおあざ》のついた手首を揉《も》みながら、レズロが呻《うめ》いた。

「これじゃあ、眠ってる暇もねえぞ。おい、D、何とかしてくれ」

「あの女が怖ければ、さっさと出てけ」

タキトスが義兄に喚いた。

「冗談じゃねえ。ひとり減ってホクホクだぜ。さ、おれたちはまた宝捜しだ。あんたはエリザベートを見つけ出してくれ」

哀訴ともいうべき二人の叫びを聞いているのかいないのか、

「いよいよ急展開じゃな」

左手の声にもDは無反応に徹していたが、

「おっと、その前に、タリアとやらの亡骸《なきがら》を」

全員が眼を剝いたとき、ようやく、うなずいた。

4

夕暮れが迫る頃、Dは二人の召使いに、部屋へ戻るよう告げた。タリアは庭に穴を掘って埋めた。〈辺境〉では常識的な埋葬のひとつだった。

「危なくないか？　エリザベートならともかく、義兄《あにき》まで貴族の仲間になってしまったんだ。優先的に女の血を吸いに来るぞ」

タキトスが顔をしかめた。

「二人ともエリザベートのお気に入りじゃ。守ってくれるじゃろうて」

左手が言った。それが、レズロに引っかかったようだ。

「どういう意味だ。そんな推定に頼るわけにはいかんぞ」

「行け」

Dがさらに命じた。静かだが、刃《やいば》のような鋭さがあった。

ラミアは部屋に戻って、ベッドの端に腰を下ろした。皺《しわ》と血管の浮き出た手を胸前で組み合わせ、子供のときから知っている神の名前を口にした。

「どうか、奥様を――エリザベート様をお守りください。いかな姿になられようとも、あの方の高潔なる精神《こころ》は変わることがございません」

ノックの音がした。

訪問者はDであった。こう切り出した。

「ママ=チューバのところで聞いた。おまえはエリザベートの祖父の代に雇われた。推薦したのは、レズロの祖父だった」

「………」

「レズロの実家はダーレンス家だ。五千年前、貴族との交流があった。貴族の血が流れていないはずはない」

「私は――何も……」

「エリザベートとレズロの結婚は不自然に過ぎる。ダーレンス家は落魄《らくはく》の極致にあったからだ。だが、結婚を望んだのは、むしろエリザベートの方だったという。貴族の血を引く者同士の血を結びつけようとしたその理由は？」

「私は——何も」

「レズロの祖父から何と言われてここへ来た？」

「私は——何も」

「生まれて来る者たちには、どちらの家からにせよ貴族の血が流れている。たとえ表面に出なくとも、だ。そして、遠い過去に血の表出を望んだ者がいた。おまえもその名は知っていよう」

「………」

「呪われた血を引いてはいても、知らずに平凡な人間の生涯を終える者はいる。エリザベートの家系もレズロの一族も全員がそうだった。だが、それに異議を唱えた者がいた。そいつは、当時のおまえの主人——ダーレンス家の老当主に、グリーデン家との血の交わりを成就させるよう命じた。当然、新しく生まれる生命が、貴族の血を顕現することがあれば、周囲の人間たちから、万難を排して守護せよ、とだ」

「何故、そのような。夢物語でございます」

「貴族の世界は夢だったかも知れんぞ」

とDは言った。

「血が眼醒める前に、レズロは金銭というあまりにも人間的な欲望に取り憑かれてしまった。何千年も前から自らを操る糸にも気づかず、エリザベートを殺した。だが、それが眼醒めを促進させる大要因となった。ママ＝チューバは死んだエリザベートを貴族として甦らせたのだ。毒殺さえなければ、エリザベートは平凡な人間の一生を終えたかも知れん」

「夢物語でございます」

老女は身じろぎした。声にはずっと力と自信が漲っていた。

「私は誠心誠意、この家の方々にお仕えしただけでございます。仰ることの意味のひとつもわかりかねます」

Dは皺深い顔をじっと見つめた。

「任せておけ」

左手が、こちらも満腔《まんこう》の自信をこめて言った。ラミアの顔にひと触れすれば、事実を告白させるのはたやすい。

だが、Dはこう訊いた。

「エリザベートの墓は何処にある？」

「ですから――私は何も……」

Dの眼が赤光を放った。人間《ひと》の眼には留まらぬ光を。もう一度――

「何処にある?」

ラミアの顔がぼやけた。一斉に噴き出した汗で濡れたのである。それは決して流れず、
と言い終える途中で、一気に流れ落ちた。

「ご主人様に――」

「お訊き下さい。あの方は――」


「しかし、おかしなもんだな、義兄《あにき》」

とタキトスが闇の深まる窓外へワイン・グラスを掲げた。

「〈辺境〉の人間としては、一応、夜は危いと思ってたのに、昼間も出て来るとなると、少しも怖くねえぞ」

「昼歩く貴族か」

レズロは虚空を見つめながらつぶやいた。

「そんなものがいるとは想像もしなかった。噂話には聞いたが、嘘っぱちだとしか思えなかった。しかし、まさか女房がそうなるとはな」

「あんまり驚いてもいないし、怖くもなさそうだな。おれたちの中じゃ、いちばん意気地のねえあんたが」

「そう言やそうだな」

レズロは苦笑した。

「正直に言うとな――この件は最初から何処かおかしいんだ。おれには、事は始まりからずうっとまともじゃなかったような気がする。始まりてのは、遺産捜しのことじゃない。それより遙か――遙か昔に、何かが間違っていたんだ」

「――何だ、そりゃ？」

「まだわからん。けど、もうじき――」

「おいおい。エリザベートの始末はDに任せて、おれたちは肝心のことを考えようや」

タキトスはグラスを置いて、

「なあ、おかしな質問だが、これだけ捜しても見つからない遺産てな、何なんだ？　おれは黄金や宝石と思っていたがな」

レズロは首を傾げた。

「おれもさ。だが、それはエリザベートの身につけていた指輪やネックレスから生まれた先入観かも知れん。何か別の――」

「とにかく、夜が明けたら捜しに行こうや。ま、昼間も安全じゃねえけどな」

「おまけに、バンジャもやられた。向うは二人、こちらも二人――五分と五分だな」

タキトスはD、D、Dと連呼した。

「当てにするな。彼の言ったとおりだ。おれたちを守るつもりなんか欠片《かけら》もない」

ノックの音がした。レズロが応じると、イヴォンヌが顔を出した。

「おお、Dは何処にいる?」

　真っ先に訊いてしまった。

「存じません。あの――」

　美少女の顔に貼りついた翳を認めて、

「出たのか?」

「いえ、あの――奥様の寝室で物音が。あちこちで何かをひっくり返したり、投げ捨てたりしています」

　娘の顔からは血の気が引いていた。

「ひょっとすると――バンジャか」

　タキトスが立ち上がった。

「あいつめ、エリザベートの手から脱け出して独り占めしようと企んでるんだ。宝のありかはエリザベートから聞いたに違いない」

　レズロはそっぽを向いた。

「おい、今更どうしたんだ?」

「やっぱり、夜は怖ろしい。頑張れよ」

　タキトスは怒りの形相を見せたが、すぐに気を鎮めた。

「いいだろう。その代わり、遺産を見つけたら、みんなおれが貰《もら》うぞ」

「ああ、好きにしろ」

「おい、どうしたんだ？」

義弟の問いにも、レズロは窓の方を向いたまま、こうつぶやいたきりだった。

「間違ってる。何かがな」

タキトスは舌打ちして居間を出た。

一礼してこちらも出ようとするイヴォンヌへ、

「ここにいろ。外は危険だ」

「Dさんがいなければ、何処も同じです」

「そう言えばそうだな」

レズロは苦笑を浮かべた。イヴォンヌは胸を撫で下ろした。

「そうだ、忘れていた」

レズロはぼんやりと言った。

「おまえは少しも怖がっている風がない。前からそうだった。何故、エリザベートやバンジャに怯えんのだ？　それに、いままで気にもしなかったが、おまえは何処から来た？」

イヴォンヌはうすく笑った。レズロがはじめて見る笑みであった。

「ビキラの孤児院にいたとき、奥様に拾っていただいたのです」

「おまえをはじめて見たときから、何か気になっていた。どうでもいいことだとここまで来たが、いまになってみると、はっきりとわかる。おまえの眼は、エリザベートに似ているのだ」

レズロは手のグラスを床へ叩きつけて、荒々しく立ち上がった。窓際の壁に寄り、かけてあった長剣を摑んだ。

「どうして気がつかなかったのか。おまえはエリザベートと同類だ」

「そのようなことを」

剣を手に歩み寄るレズロを映すイヴォンヌの瞳は、明らかに動揺から恐怖に変わっていた。

「おまえは――エリザベートだ」

ふり上げた刃に全身の力がこもった。それをふり下ろす前に、彼は居間の戸口に立つ三つの影を見た。

「Dは何処？」

と視線を走らせるエリザベートの前で、

「その辺にしとけよ、レズロ」

「もうおしまいだ」

タキトスとバンジャが白い牙を剝いて笑った。

「おまえら……二人とも……」

「残りはあんただけだ。さあ、来いや」

　バンジャが手招いた。

「仲良くしようぜ」

　とタキトスがさらに牙を剝いた。

「ああ、いいとも！」

　レズロは走った。右手には長剣を握っていた。それで心臓を貫かれても、バンジャは動かなかった。レズロは左手の杭でタキトスの左胸を貫いた。逃れようともせず、二人の男たちは床に崩れ落ちた。だが、レズロもよろめいた。タキトスの火薬銃がその胸を貫いていたのである。

「これが、おまえの復讐《ふくしゅう》か、エリザベート？」

　レズロの口から鮮血が溢れ出た。

「いいえ」

　エリザベートは優雅に首をふった。

「彼らのことなどどうでもよかったのです。あなた、もうおわかりでしょ？」

　レズロの眼から急速に光が失われていった。

「私はあなたもこの二人も憎んでなどおりません。生命を奪われた瞬間に、それが必然だとわかったのです。いまの私に生まれ変わるためには、一度死ぬしかなかった。それは遠い過去に仕組まれていたプログラム――いいえ、運命だったのです」

　レズロは動かなかった。妻の告白を聞いているのは、彼の死骸であった。

「それさえなかったら、あなたは私の殺害など企まず、二人で平凡な人生を送れたに違いありません。でも、それは許されなかった。あなたは私を殺し、私はあなたを自分と同じ存在にしなくてはなりませんでした」

「その必要はなかろう」

ひどく重い声は、死骸の口から洩れていた。

「わかるな、D?」

エリザベートはふり向き、戸口に立つ世にも美しい人影を見つめた。後ろに老婆も立っていた。

Dの背が鞘《さや》鳴りの音をたてた。レズロは舌舐めずりをした。口もとに残る血を舐め取ったのである。二本の牙は言うまでもなかった。

「エリザベートは死なねばいまのようになれなかったが、おれは、おれたちは陽の光の中で歩き、子を作り、やがて一生を終わるはずだった。そう作られたからだ。だが、そう仕組んだ者はある可能性を怖れていた。吸血鬼は、死してのち甦る。それは彼の試みの失敗を意味した。そして、新たな貴族が生まれる。彼はそれを防ぐべく、おれにエリザベートを殺させ、結果を確かめようとした。Dよ、こんなときによくここを訪れた。おかしいと思わんか？　つまり、おまえも遙かな過去からの糸に操られる人形だったのだ」

レズロは高笑いを放った。悲痛な笑いであった。

それを破ったのは、

「いいえ」

のひと言であった。

「イヴォンヌ」

とエリザベートが洩らした。娘は続けた。

「私が孤児院からエリザベート様に引き取られたのは、今日のごとき結末を迎えたとき、あなた方を抹殺するためでした。D様がみえたのは、偶然でしかありません」

イヴォンヌは腰の帯《ベルト》から黄金にかがやく品を高々と掲げた。十字架を。握った下端が杭状に研ぎ澄まされていた。娘は立ちすくむレズロに歩み寄るや、その心臓にそれを叩きこんだのである。

レズロが倒れるより早く、凶器を抜いてふり向く。その喉を白い手が掴むや、空中高く持ち上げた。

「召使いを捜しに孤児院を訪れたとき、何て綺麗《きれい》な子だろうと思ったわ。それも、コントロールされていたのかしら」

エリザベートの眼に光るものがあった。

五指が喉に食いこみ、イヴォンヌが痙攣《けいれん》する。エリザベートの身体も、また。

イヴォンヌを下ろし、女主人は左胸から生えた黄金の杭を見つめた。

「イヴォンヌのことは存じません」

背後に立つラミアが片手で涙を拭いた。

「ですが、私は——こうなったときにお二方を処分するよう命じられていたと、いま、わかりました。Dよ——あなたの見立ては、この点だけが違っていたのです」

杭の先がエリザベートの体内に消えた。

一歩前へ出て、エリザベートは右手を手刀の形でふった。ラミアの首は血の尾を引きつつ、天井まで舞い上がった。

床へ落ちる前に、見開いた眼は、イヴォンヌに摑みかかろうとするエリザベートと、その血まみれの胸にもう一度鋼の突きを入れる黒衣の美影身を見た。


刀身を収め、Dはエリザベートに眼もくれず、玄関ホールへ出た。

「ママ＝チューバが治安官に言い繕ってくれる。その後で、ここを出ろ」

Dの言葉にイヴォンヌはうなずいた。玄関を出る前に、Dはイヴォンヌの右手を取って、その手の平に青い石の嵌まった指輪を乗せた。

左手が言った。

「エリザベートの報酬じゃよ。全財産がこの石に記憶させてあると言うとった。疫病の妙薬や、黄金と宝石を作り出す化学式が数千記憶させてあるそうじゃ。輪の後ろのボタンを押せ。〈都〉

の大商人に売れば、銀河のひとつくらいは買えるじゃろう。男どもが捜していた遺産とはそれじゃ」

　それを狙って、小さな殺人が行われ、ひとつの可能性が失われた。遙かな過去に、ある望みをかけて仕組まれた思いが。

　Dは扉を開けた。雷鳴が聞こえた。遠い。

　サイボーグ馬にまたがった姿が門を出るまで、イヴォンヌは立ち尽していた。

「あの娘」

　と左手が言った。

「貴族の血を引いておるぞ。放っておくのか？」

「依頼は受けていない。この先どうなるかは、誰にもわかるまい」

「人間《ひと》のまま生きて死ぬ――か。それで、奴の狙いは果たされる。はて」

　ひと息入れて、左手は続けた。

「誰しもわれらがあの家を訪れたのは偶然と思っておるだろう。あの娘が前の日にわしらの前に現われて、あそこへ来てと哀願したことなど、あの娘自身が忘れたかったのじゃろう。はて、やはり、遠い遠い昔に、彼奴《きやつ》の仕組んだ通りになったのかの？」

　Dの頬を雨粒が叩いた。

「ひどい降りになるぞ」

と左手が言った。

「ま、毎度のこっちゃが」

雨が美しい騎手と馬とをのみこむまで、もう少しかかりそうだった。

第二話　潜入者

1

〈北部辺境区《セクター》〉には大小三千近い川が水を走らせているが、中でも北端から南部の果てまでを貫く三大河川――「A川」「B川」「C川」は、聞く者を小馬鹿にしたような名称と豊かな水流、そして当然のごとくそれによって生じる大氾濫《だいはんらん》によって名高い。

名前の由来は、この川を発見した探検商人三名の頭文字を取ったものだという説が有力だが、証拠はない。伝説時代に三本の源で撃墜されたアウター・ビーイング・クラフト――〝外宇宙人の乗り物〟の略だとする説の方を〈辺境〉外の人々は好んだ。そのごく初期にOUTERはAUTERと誤記され、「A川」と記銘されるに到ったとされる。

水しぶきに沿って〈北部辺境区〉の大動脈ともいわれる街道が走り、それは支流によって分断・流動し、さらに細い街道や隠道《かくれみち》となって人々を何処《いずこ》へか導く。

「B川」に沿った大街道の枝分かれはそれこそ限りない数に及ぶが、ほとんど目立たない一本が、「北国道」と呼ばれる道であった。

他の道に負けぬ鬱蒼《うっそう》たる木立の間を縫いながら走る街道は、途中で小石や煉瓦《れんが》の敷石が何キロも続き、かつて貴族の館か施設があったという噂《うわさ》を広めていた。

この道を離れて二〇キロほど進むと、マヨイデの町に出る。人口三〇〇は、その辺の村よりも少ないが、ここを町と呼ばせる理由は、〈辺境〉には珍しい瀟洒《しょうしゃ》さと一部の住民たちにあった。

石造りの家々は、誰が施したとも知れぬ彩色で、旅人ばかりか、生まれたときから見慣れているはずの住人たちに溜息《ためいき》をつかせ、石畳の道には、牛馬の糞《ふん》ひとつ落ちていない。住人たちだけならともかく、頻繁に旅人が往来する町としては、信じ難い清潔さであった。

物語のはじまりは、この町を東西に貫く道の中心から二キロほど東寄りの場所であった。日暮れ近い時刻であった。

漆黒《しっこく》のコート姿の旅人を乗せたサイボーグ馬が足を止めたのは、道の真ん中に横たわる旅人姿を騎手が認めたからではなく、情なく通り過ぎようとしたとき、横たわった男が顔を上げ、

「もし——頼みがある」

と言ったからであった。

息も絶え絶えなのは、まるで見世物の骨無しみたいにだらけた身体を見ればわかるが、声はしっかりとしていた。

霧がかかったように生気を失いつつある眼が、騎手の顔を捉えた瞬間、大きく見開かれた。

何か生命力を喚起するものが吹きこまれたのか、否、眼から脳へと送りこまれた情報は、恍惚《こうこつ》であった。

「おれは……セランダー市の治安官だ……セドアという」

「D」

「おお、やっぱりそうか。その顔を見りゃあ……」

治安官――セドアは右手を上げた。大分前から握っていたのであろう、小ぶりなメモ帳を摑《つか》んでいる。

「よく聞いてくれ。このメモの中には……マヨイデの町に隠れ住んでいる……〝貴族もどき〟の正体が明かしてある。二年以上かけて……調査した成果だ……これをマキントッシュ街……ホテルに住むワロッタという男に渡してくれ。……潜入捜査官だ。頼む。奴らは……昼も歩ける化物だ……人間と少しも変わらないのを……いいことに……近隣遠方の村や旅人を襲って……一〇年以上になる。内部《なか》にいるワロッタにはなかなか暴けなかったが、セランダー市の電気計算器と……最新の識別方法で……とうとう……頼む……一刻も早く……」

「誰に襲われた？」

Dが訊《き》いた。

「全身の骨が折れている。蛇使いか？」

男――セドア治安官の顔からあらゆる表情が失われ、彼はつっ伏した。メモを握った右手が地べたに叩《たた》きつけられた。

　こと切れた身体を見下ろすＤへ、

「どうするかの？」

　と左手が訊いた。


　マキントッシュ街のホテル「ベルーシ」のロビーにいた人々は、外の闇から現われた黒い若者の美貌に、生ける人形と化した。一九：〇〇を廻《まわ》った食事どきである。レストランからは音楽と人の声がやかましい。身動きも忘れた彼らの間を縫って、Ｄはフロントで、ワロッタという男の部屋を尋ねた。

　係の表情が変わった。少々お待ち下さい、と告げ、混乱に歪《ゆが》んだ顔で奥に消えると、すぐ戻って来て、

「ワロッタさんは外出中ですが、じき戻られると、メモを残していかれました。そちらでお待ち下さい」

　と革張りのソファを示した。

　腰を下ろすや、左手が、

「いいのか？　あいつめ、奥で誰かとひと企《たくら》みしたぞ。多分——」

「それなら、話が早い。メモを渡す」

とD。

「それで片づけばいいがの」

左手の懸念は適中した。

いくらも経たないうちに、並みの倍はありそうな大男がやって来て、

「治安官のドネリだ」

と名乗った。

「ワロッタを訪ねて来たそうだが、彼は昨夜死んだ」

「ほお」

左手の声は当然、巨漢を驚かせた。Dのものと自分に納得させるまで少しかかった。

「それがおかしな死に方でな。殺されたに違いない。何の用で来た?」

「家族は?」

「おらんな。独り暮らしだ」

ドネリは眉を寄せた。

「あんた——ハンターだな。その美貌の主なら、ひとりだけ名を知っとる。Dよ、オフィスまで同道してもらおう」

それから身を寄せて小さく、

「これは尋問ではない。相談だ」

と言った。

「断る」

この美しい若者の諾否がどういう基準でもたらされるのかは、一切わからない。頼まれて預かったメモを届けに来た――ここで彼の仕事は終わりである。メモを受け取る受け取らないは相手の自由だ。独り暮らしの死人なら、町長か治安官に渡せば済む。それもしないのは、治安官の言い草が気に入らなかったのか。少なくとも関わりのない厄介事に巻きこまれるのは、Dの最も忌むべき事柄のはずであった。

「そう言うな」

治安官は低くささやいた。

「うちにはおまえ宛ての伝言が幾つか届いている。それと引き換えにどうだ？」

「こ奴宛てのものを取り引きの道具に使うかの？」

「うわっ⁉」

今度こそ治安官――ドネリは跳びのいた。見かけ倒しかも知れない。

「腹話術か――それにしても落差がありすぎだ」

茫然《ぼうぜん》とつぶやいてから、何とか威厳を取り戻して、

「とにかく一緒に――」

と言いかけて、急に、

「——ま、よかろう。今日はゆっくり休め。明日またな」

捨て台詞《ぜりふ》ともいえないひと言を残すと、フロアの連中をふり返って、

「何を見てる——やりかけのことをやれ。人生は短いぞ」

ミット状の両手を叩いてから出て行った。


Dはフロントで部屋を求めた。

「二〇六へどうぞ」

フロント係はうっとりと言った。

「ちなみに、二〇七がワロッタ様のお住いでございました」

「ワロッタの死んだ場所は？」

「そのお部屋で」

今朝、朝食を届けたボーイが、ノックをしても返事がないのを不審に思って、フロントへ連絡した。合鍵で入ったフロント係とボーイが見たものは、リビングの床に転がったワロッタの死体だった。寝室にも書斎にも勿論《もちろん》他の人影はなかった。三間続きのスペシャルルームである。

眼を閉じて声もなく震えているフロント係へ、どんな死に様だ？　と嗄《しゃが》れ声が訊いた。それが震えの原因だ。

「は、はい。お呼びしたドクターの診立《みた》てでは、その——身体中の骨が折れている、と——ひ

えぇ⁉」

　ようやく声の差に気づいたフロント係が後じさったのは言うまでもない。治安官とのやりとりは聞いていたが、自分の身にとなると話は別だ。彼はそれから二人の問いに答え、十五分ほどで逃げ出した。


　部屋はスペシャルルームといっても〈辺境区〉のホテルとしては標準的なものであった。両側の壁の天井とぶつかる少し下に直径一二、三センチの穴が開いている。通気管を通すためのものだろう。

「両隣りに客はなしか――さて、これからどうする？」

　左手である。

「メモを渡して去《い》くぞ」

「誰にじゃ？」

「明日考える」

「やれやれ」

　Dは長剣をベッドの右側に立てかけ、すぐ横になった。不意討ちに備えるなら、左手で鞘《さや》を摑み、右手で抜き打つ――これは人間の道理であり、この美しいハンターにはどうでもいいことであった。

Dは空中の一点に眼を据えていた。見えないスクリーンに何が映っているのかはわからない。この若者に、そもそも思いというものがあるのだろうか。それに興味を持つ者もいた。

「何を考えておる？」

左手であった。当然、返事はない。

「これで何千回になるかのお」

諦めを知らないらしい左手は、ぬけぬけと言った。

「長いつき合いだが、いまでもふっとおまえが消えてしまいそうな気がしてならん。考えごとをしているときは、特にそう感じる」

「蛇使いを見たな」

不意にDが言った。

「おお、ここへ来る途中の大道芸のことか。わしもあいつが怪しいと思っとった」

二人(?)の脳内には、旅の途中でのセドア治安官の死に様が灼《や》きついているに違いない。彼とワロッター——どちらも全身の骨を砕かれて死んだ。片方は街道だが片方はこの隣室、そして、昨夜亡くなった。〈辺境区〉の人間ならまず大蛇に思い当たるだろう。天然のものでも、操られるものでもだ。

一メートル足らずのコドモヘビでも人間の頸骨《けいこつ》くらいはひと巻きでへし折れるし、三メートル以上のゴンダーナともなれば、骨どころか人間くらい丸呑《まるの》みにしてしまう。

「セドアとやらを絞め殺したのは、骨の折れ具合から見て体長四、五メートルのゴンダーナに間違いない。町なかで見た蛇使いの蛇が正にそれじゃ」

町の入口からホテルに到るまで、闇の中の大道芸は客たちに取り囲まれていた。光虫《ひかりむし》の変幻が示す人像や〈都〉の町、その街路を歩む怪物たち。

飼主の用意した鉄板を紙のごとく貫く双角獣。

その隣りの蛇使いが操る全長四メートルほどのゴンダーナに、双角獣の角の先が触れた瞬間、前代未聞の戦いが開始され、呆気《あっけ》なく終幕した。

双角獣の突き出す角をうねくり躱《かわ》しながら、一瞬の隙をついて大蛇の身体はずんぐりした獣に巻きつくや、これも一瞬のうちに絞め殺してしまったのだ。骨の砕ける音に、周囲は呻《うめ》き声を上げて報いた。

「あれなら人間などひとたまりもないわ。そして」

Dは声の向かう方角を見上げた。壁の穴である。

「あの穴から出入りできるサイズじゃの。この部屋から隣りへ行くのも大蛇なら簡単じゃ。蛇使いなら、口笛ひとつで操れる。廊下を通っていても、ドアに耳を当てていても聴き取れやせんわ。じきに捕まるわい」

「この部屋には、客がいた」

とDが言った。

「ほお、興味があるのか？」

と左手は言って、こう続けた。

「シャコロとかいう旅廻りの商人という話じゃったな。荷物はスーツケースひとつ。チェックインするとき、内部でモコモコ動くものがあるので開けろと要求したら、でっかいモグラだったという。趣味で連れ歩いてる、悪いか、と凄《すご》んだそうじゃ。お笑い芸人か。ま、ここまではおまえも知っとるな。フロント係の話じゃ」

「奴は治安官事務所にいるな」

「わしらが見たのと違う若い蛇使いもじゃ」

と左手は言った。

彼らが町で見かけたのとは違う、ジソンという若い蛇使いが、治安官事務所で尋問されているという。四日前、ワロッタと酒場で大喧嘩《おおげんか》をやらかし、絞め殺してやると、蛇使い独特の脅しをかけたものである。

「普通は、ワロッタが〝もどき〟に正体を知られて殺害されたと考えるべきじゃろうが、単なる喧嘩の怨《うら》みという場合も出て来たか。うむ、面白い」

Dは沈黙を維持していた。何かを考えている風に見えたが、内容まではわからない。

「わしの考えじゃが――」

左手の声に、窓外からのざわめきと鐘の音が混交した。この鐘の音はひとつしか意味しない。

「ほお、火事じゃぞ。何処《どこ》じゃ何処じゃ?」

「治安官事務所だ」

Dが立ち上がったところをみると、隣室で起こった出来事のことを考えていたのかも知れない。

ホテルもざわついていた。

出入口のドアから外を覗《のぞ》く従業員たちに、通りから入って来た男が、

「治安官のとこだ。派手に燃えてるぜ」

と愉《たの》しそうに言った。

Dがロビーへ出たところへ、薄い髪をちりぢりに焼いた治安官が、中年の男と若者を連れてとびこんで来た。

「しばらく部屋を二つ借りるぞ」

と太った支配人に告げる。否応《いやおう》言わせぬ迫力に支配人はフロント係をふり返って、

「一階の二部屋を都合しろ。一〇三と一〇五がいいだろう」

「待てい」

異議を唱えたのは、Dにあらず左手であった。

「その二人――ワロッタの部屋とわしらの部屋に入れい。何か面白いことが起きるやも知れん」

「面白がるなよ、D」

治安官が唇をひん曲げた。文句は当然Dへ行く。

Dは冷たく、

「これが面白がらずにいられるか」

と言った。すぐに左手がギャッと叫んでおとなしくなった。左手の声帯模写である。全員が茫然と恍惚とDを見つめている。

「この二人ではあるまい」

とDは言った。本物の声であった。

「どういうこった？」

と治安官が眉を八の字に寄せた。

「火事の原因は？」

「多分――放火だ。火元は留置場の裏だった。火種になるようなものは置いてない」

「この二人のどちらかがワロッタ殺しの犯人だと思っているのか？」

「ああ」

治安官は自信たっぷりにうなずいた。

「なら、この二人が死ねば、犯人ではないという証拠も消える。これから新しい証拠が出るまではな」

「じゃあ、火付け野郎が犯人だと？」

Dは沈黙していた。

「しかし、そんなことをしたら、自分が犯人だと言ってるようなものじゃないか」

「捕まれば、な」

治安官が小さく、あっと吐き出し、二人の容疑者を見つめてから、窓の外へ眼の位置をずらした。すでに半鐘《はんしょう》は熄《や》んでいる。Dは町へ入り際に大きな貯水槽を目撃している。そこからホースで水をかけたに違いなかった。〈辺境〉の町々にとって、火事は町全体を焼き尽す悪魔なのである。復興は容易ではなく、焼跡ごと放置される場合も多い。

「この二人に罪を負わせたい者に心当たりはあるか？」

「わからん。シャコロは商人、ジソンは芸人だが、町の東に家がある。少なくともワロッタ以外とはトラブルを起こしたとは聞いていない」

ならば放火犯は、〈都〉の捜査官たるワロッタの正体を知った上、絶対に疑いをかけられぬと自信満々な人物に違いない。唯一の誤算は目的を果たす前に、二人を安全に脱出させてしまったことだろう。

「すると、もう一度アタックして来る可能性があるの」

治安官は、もう回復したらしいDの左手を刺すように見ながら、

「少なくともシャコロは大丈夫だろう。モグラは人の骨を折れん」

「モグラを見たのかの?」

「——いや」

はっとして、治安官はフロント係へ、

「どうだ?」

係は首をふった。

「いえ。シャコロさんがモグラと仰ったので、拝見はしていません」

「ふっふっふ。蛇かも知れんぞ〜〜」

「とんでもない。スーツケースは治安官に調べてもらった。蛇なんかいなかったぞ」

治安官の唇が歪んだ。

「モグラもな」

シャコロがあわてて、

「だから、部屋へ入ってすぐ檻《おり》ごと出したら、鍵をかけ忘れたらしくて、逃げ出しちまったんですよ。あたしゃシャワーを浴びてたんで少しも気がつかなかった」

「穴でも掘って逃げたのか?」

治安官がうんざりしたように言った。その辺はさんざんやり合ったのだろう。

「だから、そこはわかりません。窓を開けといたから、そこから出て行っちまったんでしょう」

「窓から身を投げ出すモグラか——いい加減にしろ」

「風呂にはどれくらい入っとったのかの？」

と左手。

「あたしゃ長いんでね。シャワーと風呂で三〇分はかかったよ」

「スーツケースなら、細いゴンダーナ一匹くらい隠せるだろうて」

「こら、やめろ。おい、色男——腹話術か憑《つ》きものか知らんが、勝手な言い草はやめさせんか。スーツケースにはモグラの餌《えさ》——乾燥ミミズのパックが入っていたぜ」

と治安官。

「モグラ臭かったかの？」

「消臭剤もたっぷりと入れてあった。それでケースは一杯さ」

「こいつの売っとる商品は何じゃ？」

「モグラ除けの薬だ」

シャコロが胸を張った。

〈辺境〉の土中には様々な生物が潜む。年々大きな被害を蒙《こうむ》る家庭の庭や菜園、農地などは、〈都〉からと称する駆除剤が欠かせぬ必需品なのだ。

「ふーむ」

と左手が唸《うな》ったとき、

「兄さんは何処よ?」

かん高い女の叫びが戸口から押し寄せて来た。みんなが驚きの表情を作った。耳障りな叫びは、途轍《とてつ》もない美声の鎧《よろい》をまとっていたからだ。人々を押しのけて前へ出たのは、声にふさわしい美少女であることも、人々の眼を皿にした。もっとも、いつもほどではないのは、Dがいるからだ。

2

蛇使いジソンの妹でアデル——歳は一六、七に見えるが、人前に姿を現わした途端、バーのオーナーや、居合わせた旅のスカウトに熱烈な誘いを受けるという。この場合、スカウトというのは〈辺境〉の美女を他の〈辺境〉や〈市〉、〈都〉へ連れて行き、娼館《しょうかん》や政治家などに世話をして大枚のスカウト代を懐にする、いわば女衒《ぜげん》であった。

確かにそんな輩《やから》が眼の色を変えるのも無理がない美少女は、兄の下に駆け寄ると、

「兄さん——大丈夫?」

と常識的なひと言を放ち、兄がうなずくと激しく抱き合って、見ている連中の喉を鳴らさせた。

それから、きっと治安官を睨《にら》みつけて、

「兄さんには人殺しなんか出来ないわ。何度も言ったでしょ。あれは私がやったのよ」

「何度も訊くが、どうやってだ？」

「大蛇に化けたのよ」

「なら、ここで化けてみろ」

「体調が悪いのよ」

「話にならん。とにかく兄貴の釈放は出来んぞ」

「だから、アリバイはあるって言ってるでしょ。昨日の夜は、ずうっと私といたんだから」

「家族の証言は認められん」

「この杓子定規《しゃくしじょうぎ》野郎」

「何ィ」

と腰の鞭《むち》を掴んだが、さすがにすぐ手を放して、

「とにかく二日後には巡回裁判所がやって来る。それまでは拘留だ」

「待ってくれ」

いままで沈黙を守っていたジソンが声を上げた。

「拘留はいいが、監獄じゃなくて、この町にしてくれ。何処へも逃げないと誓う。商売だけはさせてくれ。地代ももう払ってあるんだ」

「阿呆《あほう》、殺人の容疑者が逃げませんと誓ったからとＯＫしたら、犯罪者はみな野放しだ。今夜

はここのホテルに収監する。明日中に即製で牢屋を作るまでだ」

「今年はいまが最高の稼ぎどきなんだ、頼むよ」

「ならん」

「このわからず屋」

いきなり治安官の頬が鳴った。アデルが平手打ちをかましたのだ。熱血を通り越した暴力であった。

「き、貴様」

びゅっ、と空気が鳴った。

治安官が鞭をふるったのだ。それは少女の首に巻きつき、顔が真っ赤——を超えて紫色になるまで一気に絞め上げた。

「やめろ！」

とびかかるジソンの後頭部が鈍い音をたてた。ついて来た治安官の助手が、拳銃の銃身を叩きつけたのだ。

ふり向きもせず、治安官は苦痛に歪む美少女の顔を引き寄せ、

「苦しいか？　治安官への暴力は公務執行妨害といってな、その場で首の骨をへし折っても正当と見なされるのだ。そうしてやろうか？　ん？」

アデルは喘《あえ》いだ。切なげに開いた空気を求める口に、治安官が何を感じたかは言うまでもな

かった。

　分厚い唇が舌先も突き出して美少女の口に近づいた。重なる寸前、

「やめろ」

　低いが冷たい鋼を思わせる声であった。治安官は凍りついた。他の連中も、また等しく。怒りはない殺気もない。彼らの神経を麻痺《まひ》させたのは不可思議な妖気ともいうべきものであった。

　鞭がヘナヘナとゆるみほどけ、次の瞬間、荒い息をつきつつ、アデルの右手がフックのスィングをのせ——かけて止まった。

　Dの左手が押さえたのだ。

「ここまでだ」

　とDが言った。

「わかったわ」

　素直に力を抜いた美少女の頰は赤く染まっていた。勿論、血流が戻ったのではない。

　Dが手を放した。途端に、氷上滑り《スケート》の天才でもこうはいくまいと思わせる滑らかなステップ一閃《いっせん》、鈍い打撃音を顎《あご》から放って、治安官助手がひっくり返ったのである。言うまでもなく、兄への意趣返しだ。

「やるのお」

　感嘆を隠さぬ左手の唸り声に、

「この二人はおれが責任を持つ」

と言うDの声が人々の間を巡った。

「この条件で商売は続けさせろ――どうだ？」

どうだはこの場合、いいなの念押しだと、誰にも理解できた。そして、逆らうことは出来ないのだった。

治安官は不平満々――しかし、何とか抑えて、

「Dの言い分だ、任せよう。ただ、逃がしたりしたら――」

「どうするの？」

治安官は凄《すさ》まじい眼つきで左手を睨みつけ――かけて必死に眼をそらした。

「決まりだ――夜はここへ戻す」

とDが言った。

「ありがてえ」

シャコロが両手を合わせて拝んだ。

Dは棒立ちのアデルへ、

「おまえもここへ移れ。料金はおれが持つ」

と言った。

異議どころかどよめきも起こらなかった。Dの言葉ならではだ。兄と妹も驚きのあまり沈黙

している中で、

「どういうこっちゃ?」

これも腑《ふ》抜けのような左手の声がした。

後は治安官に任せて、Dが部屋へ戻るとすぐ、左手が、

「まさか深入りするとは思わなんだ。ならいっそのこと、あのメモを読んでしまったらどうじゃ？　殺人犯の正体も一発でわかるぞ」

と焚きつけたが、Dは、

「あの鞭は約三メートル」

と言った。

「使い方は打つか巻きつけるかだ」

「ふむ」

左手もどうやら同じことを考えていたらしく、驚きもせず、

「あの治安官――もっさりしているようでいて、腕は立つ。首の骨を折ると言ったが、全身の骨くらいはイケそうだの」

すると、Dは意外中の意外とも取れる言葉を口にした。

「これは明日渡して来よう」

と言った。

「何じゃ？」

「巡回裁判所が来たら、町を出る」

「なら、そのとき渡したらどうじゃ？　いま渡したら、また大騒動だ。万にひとつだが、正体がバレたと知った〝もどき〟が、何をしでかすかわからんぞ。尻尾を巻いて一目散ならいいが、行きがけの駄賃におまえの生命まで狙うかも知れん。或《あ》いはこの町全体に放火するくらいはやりかねん相手だぞ」

少しの間を置いて、

「もしや、一日でも早くあの兄妹の疑いを晴らすためか？　だとしたら考えもんじゃ。あいつらが違うという保証は何処にもない。たちまち捕まり、庇《かば》ったわしらも仲間だということになったら、いい面の皮じゃぞ」

Dは何も言わなかった。

次の日も朝から往来は香具師《やし》たちで両側を埋め尽くされていた。七色の花火が上がり、火炎芸人の噴き出す炎を、別の芸人が呑みこんでしまう。芸人のふくらませた風船ガムが、みるみる見物人のひとりに化け、空中高く舞い上がってはケラケラと笑って、地べたの子供たちの中には泣き出す者もいた。

「さあさ、地面の中から宝物を摑み取りだよ。眼をまん丸く見開いて見てごらん」

と禿頭《はげあたま》のおっさんが声を張り上げ、集まって来た子供たちの前で、えいと右手を固い地面に肘まで入れて、

「一〇数えてごらん。ほら、一、二、三――」

子供たちも声を合わせて、四、五、六と唱え、一〇と数えた途端に引き抜かれた男の右手を開くや、鮮やかな宝石のかがやきが客たちの大拍手を招く。

Dの足が止まった。

治安官オフィスへ向かうつもりだったのだが、目的地に到着したからではない。

見物人たちの讃嘆が特に大きな演《だ》し物を見つけてしまったのである。

虹色のマフラーとタイツ姿の親子が、スペースの奥から鮮やかなバック転を見せながら通りの真ん中まで来て、Dとぶつかる――その瞬間、何の停滞もなく宙に舞い、見よ、虹色の蝙蝠《こうもり》と化したではないか！

全員が眼をしばたたき、こする――その瞬間、空飛ぶ爬虫《はちゆう》は親子に変わり、五メートルの高みから、父親の方が、

「空中から地上を見ると、お客様も虫ケラに見えるが、今日は特別な――世にも怖ろしい方がいらっしゃる。世にも名高き貴族ハンター、その名はD」

と大音声《だいおんじよう》を降らせて来た。広げた両手が微妙に動くのは、両手に握った飛行用マフラーを操

っているせいだが、数秒とはいえ蝙蝠への変身は、単なる幻術、眼くらましとはいえぬ鮮やかさであった。軽々と着地を決めた。

「〝もどき〟なら、やりそうな芸じゃの」

と左手が面白そうにつぶやいた。

「さて、ここで我らが飛行術と、超絶と噂に高いDの剣技とどちらが優れているか、競いたいと思うが、いかがなものでしょう？」

張り上げた声の主は、子供――娘であった。派手なスパンコールを付けた衣裳《いしょう》の胸が大きくせり出している。Dを映した眼は恍惚とかすみ、唇は妖《あや》しく息づいていた。

客たちの拍手はわかりきったことだ。

いつものDなら相手にもせず歩き去ったことだろう。しかし――

静かに親子と向き合った。

「ほお、やるのか？」

左手が意外そうな口調で訊いた。

Dの応答がないまま、

「これはこれは、受けていただけるらしい。では、決まったぞ、ジル」

浮かび上がった子供が、父の左隣りに並んだ。地上五メートルの親子であった。

「では、まず私から」

娘――ジルが申し出た。

「よし」

父がうなずくより早く、ジルは七色の布を閃《ひらめ》かせて、Dの頭上へと移動した。それまで見せていた演技《パフォーマンス》からは想像も出来ないスピードであった。

Dの視界に入らぬ位置から――白刃が弧を描いた。それはジルの山刀《やまがたな》であったのか、Dの刀身であったのか。

きん！　と鋼の打ち合う響きが弾《はじ》け、虹色の人型となって地面に落ちた。Dの頭上から急降下して頭を割り、一回転のち地上へ降り立つつもりだったのだろうか。二転三転土砂を舞い上げて跳ね廻ってからおとなしくなった。

その頭上から拍手が降って来た。

「勝てるとは思わなかったが、一刀の下にとは。正直、感嘆、いや感動いたしました」

「次」

とDは言った。

「いや、ここまでで」

「次」

父のみか、居並ぶ群衆すら凍結させる声音であった。

これ以上の拒否は出来なかった。

Dが刀身を収めた。その音に押されたかのように、父親はDの前方へ舞い降りた。

「父さん――やめて」

地上のジルが土まみれの顔と声で叫んだ。

父はためらった。

「次」

うおおと叫びながら、父親は突進した。

地を蹴ったのは、Dの腕と刀身の長さが空《くう》を切る地点であった。

Dの頭上を越えた地点で、右手の武器をふった。くの字に曲がった蛮刀であった。

ぐおっ⁉　苦鳴は空中で生じ、Dから数メートルほど向うの大地に、父親が激突してから熄んだ。

娘が駆け寄った。負傷はDの刀身の衝撃と、地面との打撲だけのはずであった。

父親の鳩尾《みぞおち》から湾曲した蛮刀の刃が生えていた。どのような力がどのような角度で加えられたのか。

「死にはせん」

とDは言って歩き出した。刀身は鞘の中である。

「あいつら――〝もどき〟ではないのお」

と左手が言った。次の言葉は皮肉を含んでいた。

「おまえもダンピールらしくない。娘を先陣に立てたのが気に入らなかったのか?」

それが鳩尾への蛮刀に化けたのか。

「医者を呼んで」

ジルの悲痛な声が通りを渡った。

「あの二人――おまえを傷つけるつもりはなかったぞ」

「娘はな」

「父親の殺意は、娘の仇討《あだう》ちだ。やむを得まい。相手が悪かったがの」

3

留置場以外は焼け残った治安官オフィスには、別の治安官がいた。Dを見てあわてて眼をそらしても、頬が紅く染まるのを避けることは出来なかった。

胸のバッジと顔を指差して、

「ジャヌク町《まち》のボスガン治安官だ」

ドネリが紹介した。

「こっちは――」

「D」

と初老の治安官は、嗄れ声で応じた。

「影だけ見てもわかる」

と言ってから、

「せっかくの眼福だが、これで失礼しよう」

と立ち上がり、ドネリと握手を交わして出て行った。

「愛想のない親父じゃのお」

左手の声に、ドネリが、

「あれで忙しい男でな。最近もおかしな盗みがあったらしい」

「何じゃな？」

この辺、左手は聞き逃さない。ゴシップ好きかも知れない。

ドネリは嫌な顔をしたが、

「何だ？」

とDに追い討ちをかけられて、

「大したこっちゃない。ジャヌクの町の病院から、輸血用の血液が盗み出されたんだが、その空ケースが、その町へ走る途中の街道で発見されたんだ。病院と発見された場所との間は約三〇キロ、四日前のM《モーニング》三：〇〇に盗まれて同じ日のM三：一八に旅人が見つけた。人間が何を使っても二〇分足らずで走破できる距離じゃない。訳がわからんと、いまも首を捻《ひね》ってるそうだ」

「おかしな話じゃの。しかし、貴族の科学力を駆使できる者なら、飛行体を使うのも瞬間移動《テレポーテーション》も可能じゃ。盗っ人は多分、〝もどき〟だぞ」

「盗賊は何処から逃げ出した？」

Dである。

とドネリ。

「血液保管室の窓が開いていたらしい」

「通気孔は？」

「知らん」

とドネリは大きく眼を見開いて答えてから、

「おい、まさか」

貴族なら忍び込むなどという手は使わん。正門から入ってくる。それに血液の貯蔵も足りない。〝もどき〟が瞬間移動するのは不可能だ。飛行体や車を使えば――

「そうか。病院にはセンサーが作動していた」

「その日、ジソンはここにいたか？」

治安官は眼を閉じた。開くまで十秒ほどかかった。彼は首をふった。

「いや、その前後一日ずつ――合わせて三日間、姿を見せなかったな。何か関係があるのか？」

Dは沈黙していた。

治安官は手を叩いて笑った。

「やっぱり、奴が怪しいと思うか？　だが、無理だよ。これは奴と無関係だ。血液の保管室は四階だ。ドアには内側から鍵がかかってたから、窓から逃げるしかない。あいつの蛇じゃ壁も昇れねえし、何かの手を使っても、二〇分でケースの見つかった地点まで行くのは無理だ。血で胃を満たす時間もかかるんだぜ」

「それもそうじゃ」

と左手が納得した。

「ジソンのところへ行く。一緒に来い」

とDが言った。

「何を。えらそうに。おい、〈辺境〉一のハンターか何か知らんが、治安官さまにえらそうなことぬかすと――」

「どうする？」

静かな声と眼が治安官を見つめた。

「い、いや」

治安官は顔をそむけた。

ドアが開いて、娘が入って来た。凍りかけた室内の空気が瞬時に変わった。

アデルであった。走って来たらしく、呼吸がせわしない。

「どうした？」

治安官の問いに、喘ぐように、

「兄が行方不明」

「ほお」

と左手が言った。

「どうした？」

ドネリもようやく事態に気づいた。

「逃げたわ。窓から外へ出たらしいの」

「見張りはつけといたぞ」

「何も知らないのね。兄さんは特殊な音を出して、蛇を操れるの。見つからないように近づけて絞め落とすくらい、朝飯前だわ」

「兄貴の蛇は、ホテルの地下にぶちこんであったんだぞ」

「窓ひとつあれば、いつでも脱け出せるわ。窓ガラスなんて、頭突きで一発よ」

「これで犯人《ほし》は決まりだな」

ドネリは薄笑いを浮かべてアデルを凝視した。

「どうして逃げた？」

とDがアデルに訊いた。

「怖かったんだと思う。どう見たって、いちばん怪しいのは兄だもの。ねえ、何とかして」

「いつ逃げた?」

「ホテルのボーイが朝食を届けに行ったときは部屋の前の見張りもいたし、兄も顔を出したというから、7:00Mまでは」

「夜ではなく朝かの」

左手が言った。

「相当悩んでいたのじゃろうて。ひと晩考えておったのじゃ」

「遠くへは行けまい。すぐ追跡隊を組織して追いかけるぞ。さあ、みんな出て行け」

とドネリが喚いた。

外へ出ると、Dは、

「身を隠しそうな場所は?」

とアデルに訊いた。

「家よ。すぐ治安官が来るわ」

「馬は?」

「ホテルよ」

Dは左手を高く上げ、すぐに下ろした。

サイボーグ馬が駆けつけたのは、十五秒も経たぬうちであった。

先にDが乗り、アデルを後ろに乗せて、サイボーグ馬は通りを疾走しはじめた。

町の東にある一軒家へ着くとすぐ、アデルはDを地下室へ導いた。

生活道具を並べた広い空間の奥の壁を三・一・一と叩くと、叩き返して来た。

「やっぱりいたのね。私よ。Dさんも一緒」

かすかな音を立てて、壁は奥へと開いた。

戸口に立つジソンに抱きつくなり、アデルはしゃくり上げた。

「もう、勝手に逃げ出すなんて。かえって疑われるだけよ。本当に肝《きも》が小さいんだから」

「大きなお世話だ」

とジソンは吐き捨てた。

「あのままじゃ、証拠がなくても犯人扱いだ。巡回裁判所が廻って来るのは明日。今日中に無実を証明できなかったら、おれはおしまいだ。一生ここに隠れているぞ」

「莫迦《ばか》なこと言わないで！」

アデルは柳眉《りゅうび》を吊《つ》り上げて叫んだ。

「そうやって、鼠《ねずみ》みたいに暗闇の中で一生を送るつもりなの。兄さんがしたくても、私がそうはさせないわ」

「しかし、おまえ――」

「兄さんの無実は私が証明してみせる。ダーリンは何処にいるの?」

「上だ」

天井の太い梁《はり》に巻きついた大蛇の頭は、アデルから五〇センチも離れていない位置まで垂れていた。

舌をちらちら覗かせるその顔へ、

「あんたにも協力してもらうわよ、〝ダーリン〟。さ、下水へ入って。何処にいても、兄さんの口笛は聞こえるわね」

この娘も蛇との意思疎通が可能なのか。大蛇ダーリンは、どん、と床へ落ち、床の西の隅に開いた戸口から下へと消えて行った。

「おれはどうしたらいいんだ?」

「戻るのよ。そして、正々堂々と無実だって証明するの」

「証明する手はあるのか?」

「正直わからないわ」

アデルは力強く首を横にふった。

「でも、必ず犯人は見つかる。真実は正しいものの味方よ。——そうでしょ、D?」

「だといいが」

と左手。

「とりあえず、兄さんを治安官のところへ」

「やっぱり嫌だ。おれは逃げるぞ」

ジソンは数歩後退した。

「みなとっとと失せろ——でなければ——〝ダーリン〟⁉」

そう叫んで、彼は身体をくの字に曲げた。一歩出たDが、鳩尾へ拳を打ちこんだのである。

倒れかかる身体を易々《やすやす》と肩に担ぎ、Dは戸口を抜けた。

上階へ上がったとき、

「来たぞ」

と左手が言った。ドネリ治安官を先頭に、五人の助手たちが押し入って来たのである。

「そいつを何処へ連れて行くつもりだ？」

杭打ち銃を構えるドネリへ、

「おまえのところへ行く途中だ」

とD。

「嘘をつけ。おまえもその妹も仲間だな。揃《そろ》ってここにいたのがその証拠だ。逮捕する」

「裁判にかけるんでしょうね？」

アデルが異を唱えた。治安官は薄笑いを浮かべて、

「勿論だ。ただし、町の連中が黙っていればだが」

「おれは反対するがな。町民全部となりゃあ止め切れん」

「最初から殺す気ね。兄さんを犯人に仕立てて、めでたしめでたし？　あんたも犯人の一味じゃないの？」

「うるさい」

治安官の右手が腰にかかるや、びゅっと空気が鳴った。

アデルに放たれた鞭が絡みついたのは、Dの刀身であった。鞭は切断されず、さらに伸びてDの上半身を縛りつけたのである。ジソンの身体はその寸前に床へ落ちている。

「力の入れ具合で骨も砕けるぞ」

勝ち誇るドネリへ、

「ワロッタが殺された晩、おまえは何処にいた？」

左手が少々苦しそうに訊いた。

「――自宅だ」

「いま何をためらった。治安官面《づら》して深夜にでも内部へ入り、その鞭で絞め殺したのではないか？」

「莫迦ぬかせ！」

「ふふふ、治安を守る者が殺人者――よくあるトリックじゃ」

「私刑《リンチ》ってこと？」

「う、うるさい！」

周囲には部下たちがいる。治安官の顔は怒りで赤く染まった。

「ワロッタと同じ目に遇わせてくれる」

はっと口を押さえたが、

「墓穴を掘ったの」

嗄れた笑い声が上がるや、治安官は鞭へ秘術を送った。Dの全身の骨はもれなくへし折れるはずであった。その結果は別の方向に出た。鞭はDを絡めた二カ所で弾けとび、ドネリと助手たちを打ちとばしたのである。Dの刀身に絡みついたとき、この未来は決まっていたと、理解できたかどうか。

喉をつぶされ、肋骨《ろっこつ》をへし折られてのたうつ男たちへ、

「先に行くぞ」

と左手が告げて、Dは床のジソンをもう一度抱え上げて部屋を出た。後に従うアデルの表情は、うっとりととろけていた。

4

小道を進み、森の中へ入った。陽光が一斉に翳《かげ》る。

「ここで降りろ」

と後ろで馬車を操るアデルに声をかけた。

「どうしたの？」

「動くな」

と告げて、Dはサイボーグ馬の横腹を蹴った。

三〇メートルも走ったところで、頭上から細長い物体が降って来た。先端に尖《とが》った円筒をつけた矢であった。

Dの右手が閃いて弾きとばしたが、地面に触れた刹那《せつな》にそれは火球と化した。焼夷弾《しょういだん》であった。

Dの周囲に次々と火球が生じ道を塞いだ。炎が迫る。サイボーグ馬が地を蹴った。空中のDを新たな矢が襲った。

一本が右胸を貫いた。やや遅れて、遙かな高みで、Dは悲鳴を聞いた。少なくとも襲撃者の正体はわかった。声は若い女のものであった。

ジソンをホテルの部屋に戻してから、Dはもう一度、サイボーグ馬にまたがった。

馬を止めたのは、あの飛翔変化《ひしょうへんげ》を行う父娘《おやこ》がいた場所だった。

隣りの芸人は、まだ地面から物を取り出して、客たちを喜ばせていたが、父娘のスペースは空いたままだった。

隣りの男に訊くと、Dとの戦いの後すぐいなくなったという。娘——ジルが馬車で父親を病院へ連れて行くと男に告げていた。

病院の位置を訊き、Dは馬首を向けた。ドネリ治安官一行とは出会わなかったが、ある予感があった。

大通りの裏に建つ病院には先客がいた。ドネリと助手たちである。

「貴様あ」

と首に分厚く包帯を巻いたドネリは喚《わめ》いた。

「これだけの人間に手傷を負わせたんだ。只《ただ》では済まさんぞ」

「もう一度、負いたいか？」

ひとことで院内は静まり返った。

Dは院長に会って、ジル父娘のことを尋ねた。

「父親が蛮刀に刺されていたが、見事に急所は外してあった。ああいう技を使う者がおるのだなあ。世の中には怖ろしい奴がいるものだ」

父親の手当てをし、二人は三〇分とかからず去ったという。入院をすすめたが、自宅療養でも治ると告げると、娘がすぐ引き取っていった。住所は言わなかった。

「おれが知っている」

いきなり声がかかった。ドネリであった。

「旅芸人の寝泊まりする場所は、ひとつしかねえんだ。Dよ、おれも連れて行け」

芸人はホテルのレベルまでいかない旅籠《はたご》に泊まる。町の北のはずれに建つ石の宿は、一〇〇年近い歴史を蔦《つた》の絡まる壁に刻んでいた。

フロントは無人で、人の気配はない。泊り客はみな、街頭に出ているのだ。通りがかりで数日のみ滞在し、黄金を稼いでそれきりの者もいれば、定期的に訪れ、去り行く者もいる。彼らの滞在日数はまちまちだ。一日きりの者、何ヶ月も居据わる者、それを決める心根は不明だった。ジル父娘《おやこ》はもう三ヶ月になるという。町で知らないものはない。

古城を思わせる石の廊下をDは音もなく歩いた。教えられた部屋は一階の広間だった。金のない旅人や芸人の多くは、ここの簡易ベッドで眠り、持参の食事を摂《と》る。留守の間に盗まれぬよう、所持品を入れる鉄製の大型金庫があるが、盗っ人は簡単に鍵も錠も開けてしまうため、使う者はほとんどいない。

左の壁に沿って並んだベッドのひとつに、Dは父親の姿を認めた。

そばへ行っても父親は反応を示さなかった。

「首を食いちぎられているぞ」

呻くようにドネリが言った。

「しかし、血臭はゼロだ。一滴残らず吸い取られたな。犯人は娘か？」

Dは左手を傷口に当てて、うなずいた。歯型を調べたのだ。

「二人とも〝もどき〟だった」

と言った。

「信じられん。ここ三年――しょっちゅう芸を見せに来ていたのだぞ」

「見誤ったか」

と左手が唸った。彼は父娘を〝もどき〟にあらずと断言したのであった。

「この父娘のスピードなら、病院から血を盗んで、二〇分以内に遠方で飽食することが出来たかも知れんぞ」

「あれがこの父娘の仕業だと――ふうむ。そう言われると……」

ドネリが声を落とした。

「だが、ワロッタを殺すことは出来ん」

とDが言った。彼にとっての関心は、それしかないのだった。

ドネリも黙った。やがて、眼球だけを宙に向けて、

「おまえが来てから、ロクなことが起こらん。ワロッタの件が片づいたら、さっさと出て行ってもらおう」

と唇を歪めた。

町へ入ったときには、空気は蒼味《あおみ》を帯びていたが、街頭の芸人たちは、照明を点《とも》して稼ぎ続けていた。

「先にオフィスへ行く。逃げるなよ」

じろりと睨んで治安官は先に走り去った。

向うからやって来た子供に、Dは馬上から声をかけ、あることを依頼し、一ダラス硬貨を二枚手渡した。

子供がもと来た方向へ嬉々《きき》として走り去ってから、

「ひょっとして、あれか？」

と左手が訊いた。Dの返事を待たず、

「可能性は考えたが、そうか、わしも世間知らずであったか」

「まだわからん」

とDは応じて馬を進めた。

ホテルにはアデルがいた。兄の身が心配なのは、その顔を見ればわかった。

ジソンは部屋で落ちこんでいるという。明日の巡回裁判が胸を苛《さいな》んでいるのだ。

「このままだと、本当に犯人にされてしまうわ。また脱出させようかしら」

「今度やったら、裁判なしで射ち殺されるか吊るされるぞ」

とD。

「だからって――ねえ、協力してくれない?」

「牢破りのか?」

Dが訊いた。少し呆《あき》れたのかも知れない。

「そう言ってしまったら身も蓋もないでしょう」

「協力すればあるのか?」

アデルが歯を剝《む》きかかったとき、部屋の方からウェイトレスが駆けて来た。只ならぬ表情だ。

「どうしたの?」

とアデルが怒りの表情で訊いた。予感がしたのだろう。

「ジソンさんがいません。見張りの人も」

見張りは後に、空き部屋で倒れているのが発見された。首すじに二つの歯型が残っていた。

残っていたものは、もうひとつ、デスクに残された一枚のメモであった。

「今夜、N《ナイト》二:〇〇に、西の空地へ来い」

繊細な女の筆跡であった。

「いよいよ山場じゃな」

と左手が面白そうに言った。

月のない闇夜であったが、空地の北の果てに立つ巨木と根元に横たわる人影を、Dの眼は昼のように見ることが出来た。ジソンだ。ジルの姿はない。

広がった大枝に眼をやってから、Dはジソンに近づいた。首すじの傷から二すじの黒血がシャツの胸もとに吸いこまれている。

蠟《ろう》のような顔色と呼吸をチェックし、まだ大丈夫とDは判断した。操られぬよう当身《あてみ》を入れて眠らせ、抱き起こした。

同時にDは後方へ跳びのいた。

地中から突き出た一本の蛮刀が、ジソンの鳩尾もろとも、空中のDの胸を貫いたのである。いかに目くらましにジソンの身体を使ったとはいえ、Dに気づかせなかったのは超人的というしかない。

空中でDの右手から数条の影が地上を貫いた。白木の針であった。

地面のすぐ下で、低い呻き声が上がった。それが途絶える前に、黒土を押しのけて、ジルが上体を現わした。

背中から心臓が二本の針に貫かれ、すでに死の色を湛《たた》えている顔が、にんまりと笑うや前のめりに倒れた。

「空飛ぶ女が地の底からやって来るとは、裏をかかれたの」

左手の口の中に青い炎が見えた。着地しても動けないDへのエネルギーである。通常は他に地と水と風を必要とするが、今回の傷は急所を外していた。

「すべてはこの娘を雇っていた——と言うより操っていた奴の仕業じゃな」

暗夜の底で、Dがどんな表情をしているのかは不明であった。


二時間ほど後、Dはふたたび石造りの旅籠を訪れていた。ドネリ治安官とアデルが一緒だった。オフィスを訪れジルの死体と瀕死のジソンを病院に届けてから、治安官を連れ出したのである。ちょうどアデルと一戦やらかしている最中で、兄が一命を取り止めると聞いたアデルも、

「私も行くわ。兄さんの仇討ちをしてやる」

とついて来た。

拘留だ逮捕だと喚いていたドネリも、Dの話を聞くと、疑惑の翳を満身に貼りつかせたまま承知した。

通りの向うからやって来た白髪の老人を行かせてから、三人は中へ入った。

これは木のドアをノックすると、

「誰だい？」

「治安官だ」

「何の用だい？」

「用があるから来た。開けろ」

ためらう風もなくドアが開いた。出て来たのは、ジルたちの隣りで、地中から何かを取り出していた芸人であった。

「何の用だい、治安官——場所代を値上げするってんじゃねえだろうな」

「ワロッタ殺しの容疑だ」

「おいおい」

男が顔をのけぞらせて笑った。

「断っとくが、あの晩、おれはここの左隣りの部屋の花火屋や他の芸人仲間と酒盛りしてたんだ。訊いてみてくれよ」

「もう確かめた。おまえの言うとおりだ」

「じゃあ——どうして？」

「おまえは酒盛りしていても、右手は働いていた。ホテルの換気孔から忍びこんで、ワロッタを絞め殺したのさ」

「莫迦なことを。確かにおれは地面の中から物を掘り出すのが芸さ。けどよ、ホテルまでは一キロ近くあるんだぜ」

「おまえの腕は三〇キロも伸びるはずだ」

背後から死の宣告に等しい声が聞こえた。それなのに、男は陶然となった。

「ジャヌクの町の病院から輸血用血液を盗んだのもおまえだ。三〇キロ先で血を吸ってからケースを捨ててジャヌクへ戻るまで、馬なら十分とかからん」

Dはこう続けた。

「おかしな言いがかりをつけるなよ、色男」

「夕方前に、男の子がおまえに地面に埋めた一ダラス硬貨を捜し出してみてくれと場所を指定したはずだ。五〇メートルばかり離れた道の上だったが、おまえは右手を地面に突き入れ、取り出してみせた。それも数秒の間にな」

「おい、だからって」

「五〇メートル伸びる腕なら三〇キロも伸びる――これは言いがかりか？」

Dの声は冷たい。

「当りめえだろ」

「〈辺境〉ではどんなことでも起きる。この道理がわかっていても、肌で感じたことのない者は、いざとなったら、まさかと言う」

いつの間にか男と対峙しているのはDであった。

「正直、おれもおまえの芸を目撃したとき、ちらりと疑った。しかし、やはり、まさかと考え――それっきりになった」

Dにもミスはあるらしい。

「おまえの隣りに泊っていた父娘は、おれを襲った。おまえに支配されていたからだ——あの二人は、今回ここへ来るまでは単なる飛翔術師だった。だが、おまえに血を吸われ、二次的な〝もどき〟に変わったのだ。おまえはおれのことを知っていた。そして誤解した。おれがおまえを狙って来たと——違うか？」

「勝手なごたくを並べるな」

と男は呻いた。

「おれが〝もどき〟だという証拠は何処にある？」

「ここじゃ」

Dの声の変化に驚く男の胸に、血が跳ね飛んだ。左手が吐いた血塊であった。

男の両眼が赤光《しゃっこう》を放った。牙《きば》が伸びていく。

彼は大きく後方へ跳びざま、右手を木の床にめりこませた。次の瞬間、Dの身体に白い蛇のようなものが巻きつき、一気に絞め上げた。男の右腕か。それは廊下の天井に開いた換気孔から生えていた。一刀をふるう前に、Dの全身の骨はへし折られていた。

「貴様」

火薬銃を構えた治安官の身体にも、それは巻きついた。Dに巻きついた腕が、さらに伸びたのだ。

男は哄笑《こうしょう》を放ちながら、廊下に立ちすくむアデルを凝視した。

「おまえも逃がさん」

アデルは青白い顔で、しかし、微笑した。

「私もよ」

男はその言葉を理解できなかった。室内の換気孔の蓋《カバー》を破って彼にとびかかった〝ダーリン〟に、一瞬のうちに、頸骨を絞め砕かれるまで。

だらしなくほどけた奇怪な妖腕を切り払って、Dが現われた。

ぜえぜえと喘ぐドネリなど放ったらかして駆け寄ったアデルに、

「大丈夫。すぐに元通りじゃ」

と左手が保証した。それから、

「これで明日の裁判は勝ちじゃの」

「そのとおり」

その声は三人の背後からした。

アデルがふり向いた。

旅籠の前ですれ違った老人であった。

「あなた――ついてきたの？」

「左様、治安官も含む面白い面々だったので、仕事柄な」

「なんじゃい、それは？」

左手の問いに対して、老人は咳払《せきばら》いをひとつして、

「私はゲインズパーク。明日の公判を担当する判事だ。みなこの耳で聞いたわい。公判の開かれる町には、二、三日前から来て訴訟に関して聞き込みをすることにしている。当事者たちの証言など信用できるは、まず半分」

翌朝、黎明《れいめい》の前にDは町を出た。見送る姿はない。

「ところで、あのメモはどうした？」

と左手が訊いた。

「さっき捨てた」

「結局、読まずじまいか」

ちらとDを見上げて、左手が溜息をついた。

「なんであの兄妹に肩入れをした？」

左手が訊いた。答えはない。

「むかし出会った姉弟に似ておったか？」

これにも同じ。それきり新しい問いもなく、世にも美しい人馬の影は、滲《にじ》みゆく光を避けるように、西へと歩み去った。

第三話　時間《とき》狂い

1

月の明るい晩だが、〈北部辺境区《セクター》〉の夜風は他の〈辺境区〉とは異なる冷気を帯びていた。〈東部辺境区〉の錦繍《きんしゆう》の森を渡る風とも、〈西部辺境区〉の水辺で生まれたような小波《さざなみ》風とも、いわんや〈南部辺境区〉の夏の果実の残り香を乗せる旅風《たびかぜ》とも違う、否定しようのない秋の風。

あと半月も経たないうちに、〈辺境〉中が白い息を吐き、長袖のシャツに着替えはじめるだろう。

〈北部辺境区〉を貫く南北の道の一部――「白刃街道」で一騎の人馬が地を蹴っていた。長いケープの裾が地面と平行に流れていく。

前方に村の防禦柵《ぼうぎよさく》が浮かび上がって来た。月がある、夜目が利く――といっても一キロ近く先である。騎手の視力は人間のものではなかった。

突然、手綱が引き絞られ、急制動をかけた馬はつんのめりかけた。それを強引に戻したのは騎手の技術だというしかない。

一〇メートルほど前方を歩む人馬を認めたのだ。

深夜に移動する者たちもいる。だが、多くは夜盗、強盗団の類で、まっとうな人々は野営し、恐怖に怯《おび》えながら夜明けを待つ。夜は貴族――吸血鬼の世界だからだ。

急激なショックを全身で受け止めたサイボーグ馬が嘶《いなな》いた。前方の影はふり向きもせず歩み続けていく。まともな反応ではなかった。少なくとも騎手はまともな人間ではないのだ。

馬を止めた騎手は、今度は小走りに走らせて前方の人馬と並んだ。

追いすがった騎手は闇の中でも驚くほどの美貌であった。女だ。右手の笏《しゃく》の頭部が月光を受けてまばゆくかがやいた。貴族ですらそうそう所有してはいないといわれる「月狂石」である。月光を浴びた者は狂気に蝕《むしば》まれるという伝説は、その石の放つ光の中に封じられている。

だが――

女の隣りを行く騎手は、女より遙かに美しかった。見るがいい。天与の美女が恍惚《こうこつ》とその貌《かお》を溶かしているではないか。

「ものを尋ねる」

と美女は呼吸を整えながら言った。

返事はない。

「――Dと呼ばれる男か？」

やっと、

「だとしたら？」

闇夜がさらに凝縮して宝石となる。そんな声であった。

「私はリディナ・マクギャリス。マクギャリス一族本家の長女じゃ」

〈北部辺境区〉きっての大貴族だ。しかし、無言のままDは進む。滅びを依頼されぬ限り、貴族といえど興味はないのだった。

「何処《どこ》へ行く？」

左手が上がって、前方を指さした。美女――リディナは唇を歪めたが、何とかこらえて、

「私はサイバイドの村の宿から来た。おまえが出て行ったと聞いてな」

居丈高《いたけだか》ともいえる口調であった。

返事はあった。大貴族の娘を馬上で凍りつかせるような鬼気が。

Dと馬は進み、それが二〇メートルほどに達したとき、美女の呪縛は解けた。

再び疾走してDと並んだとき、その眼にも口調にも猛々《たけだけ》しい驕《おご》りは残っていなかった。黒いコートの若者を映す碧眼《へきがん》には、畏敬の色があった。

「昨日、父が滅びた。それについて尋ねたいことがある」

「何をだ？」

闇を凝縮したような、冷たく美しい声であった。

「父は散歩に出たところを、森の中で斃《たお》された」

問うていた者が問われ——答えている。それが少しも不思議に感じられなかった。気迫の差だ。

「父の名はゴーシン。享年は一九九六になる。殺滅者は——」

「何故、おれに話す？」

とDは訊《き》いた。

「急ぐなら、先に行け」

「殺滅者は弟——長男のドウシュだと考える」

そうリディナは続けた。首から下を覆う黒い装甲の表面《おもて》を月光が光らせている。

「父が滅せられたとき、目撃者がいたのだ」

「……」

「現場に農民のカップルが居合わせたのだ。いかがわしい目的で森の中へ来たらしい。月光の下で父の苦鳴を聞き、立ちすくんだとき、前方の道を左から右へと歩み去る馬上の人影を見たという。一瞬で父の苦鳴も忘れてしまった。あまりの横顔の美しさにな。その者にも苦鳴は聞こえたはずだが、そちらを見もしないで通り過ぎたとのことだ。二人は真っすぐその場から村へと戻り、夜が明けてからそれぞれの両親に話した。両親は村長に伝え、三時間ほど前に村長ともども我が館へ届け出た」

半ば恍惚と溶けながら、眼はなおも鋭くDを刺し、

「男女のいう目撃者とは、おまえか、Dよ？」

「そうだ」

おお、とうなずき、姿勢を直して、

「話を聞いて、サイバイドの旅籠《はたご》へ駆けつけたら、二時間ほど前に発ったという。大きな街道は一本きりとはいえ、私は幸運だったらしい」

Dとの遭遇を言っているのである。嘘ではなさそうだ。「白刃街道」は交差する小街道や抜け道で有名だ。ここまでも数カ所で交わっている。その何処へDが消えてもおかしくはなかった。

「しかし、よくひとりで来たのお」

リディナはもう一度、姿勢を正さなくてはならなかった。呆然《ぼうぜん》とDの横顔を見つめ、しかし、

「その左手――何か憑《つ》いておるのか？」

冷静適確な判断を下した。

「気にするな。美男と一緒の旅鴉《たびがらす》よ」

「確かにその場を通りかかった」

とDが言った。

「だが、悲鳴を聞いただけだ。何も見てはいない」

「本当か？」

返事もなく、うなずきもせず、Dはサイボーグ馬を進めていく。

代わりに、

「おまえの口調なら、弟が犯人だと確信しておるはずじゃ。何故、捕えて拷問にかけん？」

沈黙が生じた。短い沈黙であった。リディナが言った。

「二人が悲鳴を聞いてから一時間ほどして、父は何事もなかったように、館へ戻って来たのじゃ。そして、みなを集め、この城と土地を含め、全財産をドウシュに与えると言明した」

よくある話だが、再びの沈黙を招く力はあった。

「マクギャリス家の財産なら大騒ぎになるじゃろう。察するところ、遺産相続を巡って、全員集合というわけか？」

「そのとおりじゃ」

リディナの声はむしろ清々《すがすが》しい。核心を衝《つ》かれて気が晴れたのだろう。

「父は生きるのに飽いて自死を宣言した。そして今日、一族の長たちを一堂に集めて財産分与を決定する予定だったのじゃ」

「ふうむ」

と左手は呻《うめ》いた。

「その結果に脅《おび》えて実の父を滅するとは、ドウシュという長男——札付きの能無しじゃな」

「はっきり言って、そうじゃ」

「当人もそれはわかっていた。父を殺すくらいじゃからの。しかし、殺された父が、その後で、予想を覆すとは――死後、妖術にかけられたの」

「そのとおりじゃ。それがどのような術で、いつ誰がかけたのか、私はそれを確かめ、弟から相続権を奪わねばならぬ。Dよ――力を貸せ」

「おれは何も見ていない。用はあるまい」

「それは――」

「そちらにはあっても、こちらにはない、と」

左手が揶揄《やゆ》するように言った。

ここで両者の結びつきは断たれたのである。何も見ていなければ、リディナもDに用はないはずだ。

一頭のサイボーグ馬が足を止め、もう一頭は歩み続ける。互いの隔たりはやがて無限となる――はずであった。

「おや？」

と左手がつぶやいた。

リディナが上体を捻《ひね》って後方を見上げた。

光の中を何かが飛んで来た。そして、二人の前後左右の地面に、地響きをたてて突き刺さったのである。

押しつぶした円筒におびただしい触手をつけたような生きものに、リディナは見覚えがあるらしく、

「これは——」

と放って、鞍脇《くらわき》のケースから長槍を抜いた。

生物の身体は蛇腹《じゃばら》のごとく膨縮を繰り返していたが、一度思いきり沈むや、上段から直径三〇センチほどの球体を吐き出した。都合四体の表面は、陽光の下なら黄土色に葡萄《ぶどう》色の斑点を散らしていると見えたであろう。

「体内の免疫を破壊するウイルスの塊じゃ。触るな。私が始末する」

こう叫んで構えた姿は、言葉にふさわしく一分の隙もない。

びゅっとひとふりするや、その誘いの風圧で攻撃目標を定めたか、三体がすうとリディナに肉迫して来た。

閃《ひらめ》く槍穂のひと突きは、逃げる間もなく二体を貫き、音もなく空気に呑《の》みこませたが、もう一体がその隙に接近した。

それがリディナの肩に吸いつく寸前、空気を灼《や》いて走った白木の針がまん丸い中心部を貫き、何処かへ抜けた。

すでに自分の分を切断したDは、音もなく前方の蛇腹体に肉迫するや、リディナが体勢を立て直す前に、左右の二体を片づけ、残る一体に向き直った。

そいつの触手が数本、黒衣の身体に巻きついた。

Dの一刀を封じたその頭部から、あの球体が噴出する。

しゅうと伸びた槍の穂が球体を貫き、神速で戻って蛇腹へ向かう。しかし、そいつはすでに二つに割られて地上にへたりこんでいた。いつ、どのように片づけたのか。リディナは呆然となった。

「知り合いか？」

尋ねるDの背で、刀身を収めた鞘《さや》が澄んだ音をたてた。

Dの言葉の意味は、異形のものを放った黒幕のことである。

「一族の飼い物——護衛生物じゃ。恐らく弟だろう」

「館とやらにいるか？」

全身の血が凍りつくのを、リディナは意識した。嗄れ声がこう告げたのである。

「阿呆《あほう》な奴め。放っておけば去ったものを。一度でもこ奴を狙った以上——」

リディナは頭をふって、

「喜んでいいものか」

とつぶやいた。この件に関するDの参加を望んでいた女が、それが叶《かな》ったとき、凄《すさ》まじい戦《せん》慄《りつ》と後悔の嵐に身を震わせているのだった。

「西へ去った」

とDは言った。

「え？」

「いまの奴らを投下した飛行体だ。館の方角か？」

リディナはうなずいた。

「戻るか？」

と嗄れ声――左手が訊いた。

「サイバイドの村へ」

と答えてから、美しい女貴族は、

「あそこにボンダルチュという魔道士がいる。訊きたいことがあるのじゃ」


その家は村の北の外れでひっそりと木立に紛れていた。
五、六〇坪はある建物は、周囲に煉瓦塀《れんがべい》を巡らせ、朽ちかけていながら、何やら別の力でもって長らえているように見えた。窓には灯《あかり》が点《とも》っている。
玄関の前に立つや、

「これはおかしいぞ」

と左手が言った。浮き浮きしている風もある。

「血の臭いがするわい――爺《じい》さん殺《や》られたな」

左手の言葉に間違いはなかった。

鍵もかかっていない木の扉を開けて入った三人が見たものは、居間の床に倒れていた。黒焦げの死体のみが。

「器用な真似をするのお。魔道士が魔力に焼かれる、か」

「早めに口封じに走った」

とDが言った。

「魔法具を見ると、かなりの実力者だ。斃した奴はそれ以上の技を持つ。おまえの弟ならやれるか?」

リディナへの問いであった。

「わからぬ」

「これで、魔術の中味はわからなくなったのお」

左手の言葉は、ここまで来る途中に、リディナから聞かされた話がもとになっている。

父・ゴーシンは、筋違いの財産譲渡を告げてから、一時間後に灰と化したのである。

「父は、苦鳴を上げたときに滅びていたのじゃ。私たちの前に現われたのは、ドウシュか魔道士の操り人形であった。ドウシュの陰謀を挫折させ、遺言の無効を認めさせるには、術を施した者を捕えなくてはならぬ。この近辺でそんな魔力を持つのは、ボンダルチュ老人しかおらぬ」

　ドウシュへの遺産譲渡を防がねばならぬ理由は、遺産を受ける者は、ゴーシンの地位も引き継ぐことになるからだ。すなわち、この地方五千平方キロの土地と人々は彼の意志のままに服従を強いられるのである。

　愚昧《ぐまい》狂暴な長男の存在は、一族の中でも頭痛の種であったが、父・ゴーシンの賢明高邁《こうまい》な精神は長男を捨てて、長女・リディナを後継者に据えるだろうとの確信をみなに与えていた。一族の重鎮を集めたゴーシンの目的がその宣言であることは、論を俟《ま》たなかった。

　奇怪なる事態はこのとき起こったのである。何としてもドウシュの暗殺を証明し、相続の無効を宣言しなければならない。苦悩するリディナの下へ訪れた光明が、二人の目撃者であった。

2

　おかしいと疑っても、父・ゴーシンの宣言はみなが聞いている。

　悲鳴を上げた地点でゴーシンは滅ぼされた。後に戻ってからの譲渡宣言は生を偽った妖術によるものだ。リディナはそう思った。

　農民のカップルはDを目撃していたが、声しか聞いておらず、D本人も苦鳴のみで、そちらを見ようともしなかったという。

「すぐに死んだのをおかしいと思わなかったのか？」

Dの問いに、リディナはこう答えた。

「譲渡宣言の後、父はすぐ自室に引き取ったのじゃ。一時間経っても出て来ないから、入ってみると塵《ちり》と化していた。前から自死を企てているのは知っていたから、みなあまり不思議ではなさそうだったが、私は疑った。これは妖術であろうとな」

「こんな死に方をしている以上、術をかけたのはこいつじゃと思いたいが、焼殺したのが別の妖術使いとなると、言明は出来んのお」

「ボンダルチュはかなり高位の魔道士と聞いている。どんな相手であろうとたやすく殺されるとは思えぬ。敵もそれなりの手傷を負うているはずじゃ」

「目星は？」

とD。

「この近辺にはおらぬな」

「偽りの生を与える術か。人間相手ならゾンビ化妖術で済むが、あれは貴族には効かん――さて」

左手は沈黙から沈思へ移ったらしかった。

「領地の外へ出て、そんな術を操る魔道士を捜すかじゃな」

とリディナが唇を嚙《か》みしめた。

そのとき、リディナは戸口の方へ眼をやった。外から近づく気配と足音に気づいたのだ。呼び鈴を鳴らし、数秒後にドアを押して入って来たのは、粗末な服装《なり》をした若者であった。

彼は居間へ入って来るや、床の死体を見つけ、悲鳴を上げて尻餅をついた。

ひいひいと荒い呼吸を続けながら、死体を眺め、何とか立ち上がると、

「おら知らね、おら知らね」

と奥のドアへ向かう。

そこは広い研究室ともいうべき空間であった。魔道士の定番である、暖炉や蒸留器、火にかけっ放しの大鍋の他に、天体望遠鏡、大星座図、壁の薬品棚、壁からは三つ首竜や毛獣の首が、様々な色彩《いろ》の液体を満たしたフラスコやビーカーを見下ろしている。

男は三つ並んだオート・デスクの真ん中に近づき、並んだ薬瓶を端から手に取って、手書きのラベルを点検しはじめた。最後のひと瓶を叩《たた》きつけるように置いて、

「これじゃねえ」

と叫んだ。切羽詰まった眼で四方を見廻《まわ》し、

「何処に隠してあるんだ？　あれがねえと、死人が生き返らねえぞ」

その途端、男は取り返しのつかない発言をしたことに気づいた。

二つの人影が左右に立ったのである。

「なな何だ、おめえら？」

恐怖は少し和らいだかも知れない。Dを見てしまったのだ。

「死人を生き返らせる薬とやらがあるのか？」

黒髪、黒装束の女が笏の先を顔面に突きつけた。

「なな何のこった？　そんなもの――ある訳がねえべ」

その頬が鈍重な音を一方向へ飛ばした。頬の肉が剝《は》がれて右の壁に貼りついた。

男は悲鳴を上げなかった。恐怖のあまり声が出なかったのである。

「二度は尋ねん」

リディナの両眼は赤く燃えていた。

「この女は危険じゃ」

嗄《しゃが》れ声は、その内容を理解する前に、男の度肝を抜いた。

「早いところ口を割らんと、身体中の肉を剝がれるぞ」

「貴族か……マクギャリス家の……」

男は呻いてから、わかったとうなずいた。

男の名はカシュヂ。サイバイド村の農民だと言った。一年前からアルバイトでボンダルチュの身の廻りの世話をするうちに、手先の器用さを買われ、言われるままに調剤等を手伝うようになった。老魔道士は様々な妖術魔力の成果を、彼にたびたび示したという。中でも驚いたのは、一定時間、死人を操る魔力であった。

「ある薬を飲ませただけで、人間も貴族も区別なしに死人が甦《よみがえ》り、ボンダルチュさんの言うとおりに動くんだよ」

ある秋の深い一夜、ボンダルチュは村の墓地からカシュヂに死骸を掘り起こさせ、復活の儀式を行った。黄金の液体が入った小さな瓶の口を腐りかけた死骸に近づけ、その先から二、三滴を顔に落とした。

「その途端、死骸は身を起こして、おらに摑《つか》みかかって来た。したら爺さんが、やめいと一喝しただ。止まったよ。腐りかけてるんだぜ。それが爺さんの命令どおりに動くんだ。いつまでも生きてられるのかと訊いたら、爺さん難しい顔になった。そして、そいつの眉間《みけん》に鉄の串を突き刺したんだ。死体はぶっ倒れた。もう一回死んだとわかっただよ」

「第二の生の時間はわからんか。永劫《えいごう》か数時間か」

左手の声は溜息《ためいき》交りであった。

「再生薬を盗みに来たのは、どういうわけじゃ？」

リディナに見据えられて、カシュヂはまた震え上がった。

「おらあただ、あれ使って身内の死んだ連中を喜ばして、小遣い銭を稼ぐつもりだっただよ。こ、殺したのは、おれでねえ」

左手が撫然と

「こういう場合は、すべて疑えが最善の策だが、こいつが嘘をついてるとは思えん。おい、ボンダルチュを殺せるほどの力を持つ魔道士か妖術使いを知っておるか？」

若いが鈍そうな顔が、激しく横にふられた。その鼻先に悪魔の笏が突きつけられたのである。赤光《しゃっこう》を放つ眼が若い農民を見据えた。

催眠術である。

トロそうな顔が、さらにトロくなった。

「問いは覚えておるな？　答えよ」

とリディナが命じた。

「……知らね」

眠気を帯びた声は、顔つきよりも愚鈍であった。

「ふーむ」

と左手がうなった。Dが入った。

「手袋をした人間を見たか？」

リディナがはっとした。貴族の世界では、あまりにも平凡すぎる事柄だったのである。危険な薬物の調合を恒常的に行う魔道士の手は、常人を超えた惨状を呈している。火傷、腐《ふ》蝕《しょく》、溶解——五指は失われ、人工の指をつける者も少なくない。手の平手の甲も同様だ。人々と生活を共にする多くの魔道士はそれをさらけ出すのを恥としないが、放浪者やお尋ね者となると、まずその手を隠さねばならない。必ずしも異能者＝悪とは見なされない〈辺境〉でも、四大精霊を操り、天地の状態を意のままにする魔道士は、まず胡散臭《うさんくさ》い眼で見られるからだ。

「魔道妖術を能《よ》くする者入村を禁ず」

と定番の文字が示された板を、出入口に掲げた村は少なくない。

「……そんなら……いたよ」

カシュヂの答えは三人の眼鏡に適ったものであった。

「何処におる？」

とリディナ。

「知ら……ね……だども……見ただ」

「いつ？　何処でじゃ？」

少し間が置かれた。

「……四日……前……こっから帰る……途中で……同じ方角へ……荷馬車に乗って……」

「村へか？」

「わからねえ……それきり見てねえし」

「村を過ぎれば——おまえの館じゃな」

左手は愉《たの》しげにリディナを見た。

「やはり……」

とつぶやいてすぐに、

「どんな男であった？」

「紅い……頭巾のついた……マントを着てた」

問い詰めると、顔は見ておらず、荷馬車の荷も天蓋でカバーしてあったという。魔法具を人眼から隠すのは、魔道士の常道だ。

「弟が雇ったかの？」

リディナは眼を中空に向けて、

「愚かな奴」

と呻いた。Dの眼が一瞬の光を放った。美女の侮蔑の中に、悲哀ともいうべきものを感じ取ったのである。

「これで、おまえの弟が雇った別の魔道士が、復活の術を試みたとわかった」

左手が断定的な口調で宣言した。

「恐らく、このボンダルチュなる魔道士は、何らかの手段でそいつの登場と術の行使に気づいたのじゃ。そして相争い――こちらが敗北した。ふむ、ぴたりと符合するのお」

Dの眼がリディナに向けられた。

美女の全身から凄まじい殺気が放たれたのである。

「まだ早いぞ」

と左手が言った。

「魔道士を雇ったからといっても、弟が否定すれば何にもならん。第一、復活術を使った証拠がない」

「手はひとつじゃな」

リディナは唇を結んだ。

「両人を問い詰めて自白させるしかない。弟は逃げぬ。魔道士の居場所を探る手じゃ」

「遅いかも知れんぞ」

左手が言った。

「自分の秘密を知っている者は、この魔道士を殺した男ただひとり――始末するのも簡単じゃわい」

「すぐに当たってみよう。館に集まっている一族の者の中には、父に傾倒している者も多いのじゃ」

「おまえにはどうじゃの?」

「少しはおる」

「では、よろしくじゃ」

「おまえたちも手を貸すな?」

「こ奴に刃《やいば》を向けた以上、こ奴かそいつか――死ぬのは二択じゃ」

リディナは唇を歪《ゆが》めて笑った。二本の牙《きば》が月光に白くかがやいた。

「では、戻るとしよう。Dよ、招待を受けい。じきに夜明けじゃ。城の者は眠らねばならぬ。その間に、弟の犯行の証拠を摑んでくれ」

この権柄《けんぺい》ずくの女が、Dには丁寧な物言いになっている。人間との混血と知りながら、彼女とは比較にすらならぬ気品と妖気がそうさせるのだった。

東の空に黎明《れいめい》が兆しはじめてすぐ、Dは館へ入った。

リディナは防備をすべて無効にしておくと言ったが、Dは断った。

館内のセンサー、それに連動する護衛兵器はすべて、胸もとの青いペンダントが作動不可とした。

Dは真っすぐ弟——現当主・ドウシュの墓へと赴いた。

通常、当主の柩《ひつぎ》は独立した墓所に安置されている。ドウシュのものも例外ではなかった。数重の防禦装置に護られた地下の礼拝堂——マクギャリス一族の柩が並ぶ広大な空間の奥に、Dは現主人《あるじ》の墓所を見つけ出したのである。

だが、最大の難関が立ち塞がっていた。数十トンもある石の扉であった。通常は原子モーターによるスムーズな開閉が行われるのだが、いまはその制御を失った壁といっていい。

「どうするの？」

左手の問いには、しかし、何処か思わせぶりな調子があった。

Dは無言でコートの内側から透明な液体の入った瓶を取り出して、ひとふりした。石の表面にとび散った液体の量はささやかなものであったが、石の扉はみるみる白煙を噴き上げ溶け崩れはじめた。溶解は数秒で石の扉に人ひとりが楽に通り抜けるほどの穴を開けた。貴族の墓を暴く小道具のひとつ――溶解液である。これが最後のひと瓶だ。早急に補充しなくてはならない。

厚さ五〇センチの穴を通り抜けて、Dは奥へ入った。

何の装飾もない石壁に囲まれた三坪ほどの部屋であった。

この一件の中心人物を眠りから醒《さ》まして尋問をするつもりか、Dよ。だが、貴族――吸血鬼たちは、夜明けから日没までの間は、忘却のベールに包まれて眠る。朱色の眠りを中断させることは不可能だ。時の流れが変わらぬ限り。

Dの右手には、一本の蠟燭《ろうそく》があった。左手を被せると、小さな口が小さな炎を吹きかけて、小さな光を点した。

聞くがよい。石の柩の内側から、確かにあ～あと欠伸《あくび》が聞こえるや、蓋がゆっくりとずれはじめたではないか。

蓋が止まると同時に、中から総髪の男が起き上がった。

「これは――眠りについたばかりと思ったが、まだ夜であったか。いいや、そんなはずはない」

ぐるりを見廻し、すぐにDを認めるや、

「これは〝時だましの香〟か？　誰もが持てる品ではない。そして、その美貌――Dと呼ばれる男か？」

ひょいと柩から降りた長身は、まばゆい光に身を包んでいた。絢爛《けんらん》たる刺繍のマントが全身を覆っているのだ。

「ドウシュ・マクギャリスか？」

「左様。姉に頼まれて来たか？」

お見通しらしい。

「おまえの妖物がおれを襲った。それだけだ」

「ほお、おれが父を弑《しい》したと疑っておるためかと思ったが。だが、おれは父殺しなど考えたこともないぞ」

眼をこすりながら告げる口調は、不思議と誠実に思えた。

3

外は昼にも達していない、生まれたばかりの光に満ちた朝だ。ドウシュの行動は、Dが持つ〝時だましの香〟が支えているのだった。昼を夜と錯覚させる光と香りは、しかし、Dとドウシュ二人を包む空間に限定されていた。

「他の者は不要か——さすが、〈辺境〉一のハンターだ。ついでに姉も呼んだらどうだね？」

「おれの仕事だ」

　とDは低く応じた。

「おまえの部下はおれに刃を向けた。その元を処分すれば済む」

「おいおい、おれが黒幕だと決まったわけではないぞ。あんた——体《てい》よく姉貴に騙《だま》された口か」

　じろりとDを見て、

「おれに言わせれば、親父を始末したのは姉だ。あんたを狙ったのがおれの配下だと？　確認したのかね、色男？」

「いま確かめよう」

「わかった、わかった。そう殺気ずくで来るなって。剣も抜かんのに血が凍りそうだ」

「違うと証明できるか？」

「すぐには無理だ。おっと、時間稼ぎじゃないぜ。この場じゃ何をするのも無理ってことだ。ま、少し付き合えよ。姉の証言だと、おれはどうやって父上を弑し奉《たてまつ》ったんだ？」

「散歩中に殺し、自分は悠々と仲間の下へ戻った。少しして父親が戻ったのは、〝時間狂い〟の妖術によって甦ったからだ。その術はかけられた人間を操り人形にする力もあった」

とD。

「すると、おれは殺した父上に、一時間後にみなのところへ戻れ、それからすべての財産をおれに相続させると宣言しろと、こう命じたわけか？」

「そうじゃ」

左手であった。

ドウシュはにんまり笑って、

「へえ、面白いのをつけてるな」

驚いた風もない。異常に性根が据わっているとしか思えない発言であった。

「勘弁してくれ。おれにゃあそんな度胸はない」

「実はそうではなかったと」

「いいや、多分、姉の言ったとおりだ。散歩に出た父上が、一時間ほどして戻り、みなの前でおれに全財産を譲ると宣言し、さらに一時間後、自室で塵と化した」

「そうじゃ」

「おれに言わせりゃ、おかしなことばかりだ。父上の散歩に付き添ったのは確かだが、途中でひとりになりたいというので別れた。それから後のことは、おれにもわからない」

Dは沈黙していた。どちらの話が正しいか考えていたのである。

問題はひとつ——誰が二人の父・ゴーシンを殺したか？

Dは訊いた。

「おまえが戻ったとき、リディナはそこにいたか？」

「ああ」

あっさり認めた。

「殺人現場から戻る最短のルートは――」

「おれのさ」

すると、リディナがその後に父を殺害して先廻りすることは不可能になる。

「リディナ――或《あ》るいはその他に、ハイ・スピード走行や飛行術、瞬間移動《テレポート》が使える者は？」

「あの中にはいないね」

「ふうむ」

と唸《うな》ったのは左手だ。

「となると、おまえたち姉弟《きょうだい》の他に誰が父親を殺したがっていたかだの。そして、おまえに遺産のすべてを譲った理由は？」

「後からおれを処分する。次は丸儲けだ」

とドウシュは口をへの字に曲げた。

「姉以外にそれをやりかねんのは誰じゃ？」

「全員だ。父上の遺産には領地全部が含まれる。この土地にはある秘密が隠されているんだ」

Dがドウシュを見た。

「それはな、随分と昔――三〇〇〇年以上前にやって来たある旅人が設置していった機械だそうだ」

「どんな機械だ？」

ここでドウシュは息を呑んだ。Dの眼が妖光を放ったのだ。

「おれにもよくわからん。父上も話してくれなかったのでな。ただ、当時の召使いに訊いたところ、貴族と人間をひとつにするための機械だったそうだ」

「それに興味を持っている者は？」

「バッテンポール卿《きょう》――大叔父だ。他にも何人かいるが、みな少々怯えている。何せ、その旅人が、あの御方だという噂《うわさ》があるのでな」

「そいつは〝時間《とき》狂い〟の技を使うのか？」

「いいや、聞いたこともない」

ドウシュは眉を寄せて、

「殺害の現場を見物してみたらどうだ？」

Dはうなずいた。

殺害地点は敷地から一〇〇メートルほど離れた森の中だった。無論、何ひとつ残っていない。

「おれを見たという農夫たちの位置は？」

「知らん。そいつらに直接事情聴取はしていない。したのは村の有力者たちだ。彼らが姉に知らせて発覚した」

「ふむ」

と言ったのは左手で、Dは沈黙している。

「二人の住いはわかるかの？」

「さて。村へ行くしかあるまい」

Dは道へ出て、口笛を鳴らした。三〇秒とかけずにサイボーグ馬がやって来た。

「本気で行くのか？」

とドウシュ。

「そうだ」

「おれも連れて行け」

「何を考えとるんだ？　柩へ戻れ」

左手が呆《あき》れた。

「〝時だましの香〟はまだ保《も》つな。犯人扱いされたまま、夢を見てはいられん」

「乗るがいい」

とD。

「おお、かたじけない」

ドウシュは軽く地を蹴って、馬の尻にまたがった。貴族とは思えぬ気安い行動ぶりであった。Dも無反応のままサイボーグ馬を走らせ、ほどなく二人は村長宅に着いた。すでに農作業に出ていた農民たちの中には、二人を見て腰を抜かす者もあった。

村長も蒼白《そうはく》な顔で二人を迎えた。

「それはギャゾンとユニですだ」

Dを目撃したと訴えた二人である。二人の住所は違っていた。質問はドウシュがした。

「夫婦ではないのか?」

「違います。ギャゾンはひと月ばかり前にやって来た流れ者で。いつの間にかユニといい仲になっちまったんで。この村じゃ、流れ者は夫婦だと認められるまで、自分で棲家《すみか》を見つけて、畑仕事を手伝わなきゃならねえんです」

Dとドウシュはサイボーグ馬をとばして、五分とかけずに東の端にあるギャゾンの家に着いた。バラックといってもいいあばら家から応答はなかった。

「畑だの」

左手の意見に従って、裏に廻った。狭い農地の中に鍬《くわ》をふるう若い男が見えた。そばに同い歳くらいの娘もいる。ユニだろう。朝の光は本物の光量を備えつつあった。細い畦道《あぜみち》を歩き出すとすぐ、ギャゾンは鍬を下ろして二人の方を向いた。

無言で二人を迎える表情はどちらも固く、全身は緊張を隠せない。ユニの方は真っ青だ。

「おれはD――ハンターだ」

「余はドウシュ・マクギャリスじゃ。存じておろうな」

「お名前は勿論《もちろん》。しかし、まさか朝っぱらから――カタリではありませんのか？」

「おまえごときにカタってどうする？」

　居丈高な言葉と態度に、左手がやれやれとつぶやいた。

「貴族の力はおまえらごとき下々の者には想像すら出来ぬのだ。莫迦者《ばかもの》め」

「失礼いたしました」

　深々と頭を下げる若者に、ドウシュはうむうむとうなずいてみせた。また、やれやれと聞こえた。

「訊きたいことがある」

　とDが言った。

「へえ」

「おまえたちは、マクギャリス家の主人が滅ぼされた夜に、街道を行くおれを目撃した――そうだな？」

　二人は顔を見合わせ、Dに向き直って、怖《おそ》る怖るうなずいた。

「へえ」

　とギャゾン。

「他には何も？」

「へえ」

「あんな時間にあそこで何をしていた？」

二人は息を呑み、視線を足下に移した。

「余程楽しいことじゃろうな？」

とドウシュが嫌味ったらしく訊いても、俯《うつむ》いたままである。

「おれを最初に見つけたのは、どっちだ？」

「あたしです」

ユニが震えながら応じた。Dよりもドウシュが怖いのだ。昼間から出歩く貴族など、想像を絶している。

「おまえの家には、いま、誰かいるか？」

「はい、母と弟が」

「行くぞ」

とDがもと来た方へ歩き出した。サイボーグ馬は畦道の手前に残してある。重すぎるのだった。

「いまの言葉に偽りはあるまいな？　嘘を申したら只《ただ》では済まぬぞ」

ドウシュが牙を剝いて威嚇《いかく》してから、Dを追った。

それから二人はユニの家の前に立った。ギャゾンよりは広い敷地に建つ家には、ユニの言葉どおり、母と弟が挽臼《ひきうす》で小麦を挽いていた。

「家捜しをさせてもらいたい」

とDは申し出た。


二〇分とかけずにそこを出ると、Dはサイボーグ馬を館へ向けた。陽はまだ高い。

「何か摑めたか?」

背後でドウシュが訊いた。

「後は夜待ちだ」

とD。

「ほお、やっぱ姉と大叔父——バッテンポール卿が黒か?　こりゃ面白い」

全身をゆすって笑うドウシュに聞こえぬよう、

「あいつ、ホントに貴族か?」

左手が呆れ返った風に言った。

館へ着くと、ドウシュは、

「それでは、しばしの別れだ。夜が来たら会おう」

と柩へ戻った。

闇が落ちた。

Dは館の広間にいた。遠くで様々な音が生じている。鉄の扉が開き石の壁が動く。数百メートルの距離を隔てても、Dはそれを聴くと同時に感じていた。

多数の足音が、長い階段を上がり、廊下の石床を踏みながら、じわじわと近づいて来る。

やがて、広間の三つのドアが同時に開いて、人影が入って来た。影たちの足下には影が映っていなかった。

夜会服に身を固めた彼らの間には給仕たちが交じって、銀の盆に載せたワインを、影たちのグラスに注いでいくのだった。

音楽のついた霧のような会話が交わされ、いつの間にか数組のカップルがこれもいつ流れ出したとも知れぬメロディに合わせて、ワルツのステップを踏みはじめていた。

三つの影がDに近づいて来た。リディナとドウシュ——灰色の髪とすでに真紅に燃える眼の主が、二人の大叔父バッテンポール卿に違いない。

「Dとやら、話はドウシュから聞いた。ひと晩眠っている間に、奇妙なことが起きているものだ」

じろりとDを見て、

「余を疑っておるようだが、卑しい合いの子のやりそうなことだ。ゴーシンを滅ぼしたのは、おまえではないのか？」

「依頼を受けていない」

「その言葉を余が信じたとして、おまえは、何もしておらんという余の言葉を信じるか？」

「無駄な問いだ。ゴーシンの遺産に含まれるという機械のことを、何処まで知っている？」

「答えると思うか？　屍肉《しにく》食いのハンターよ」

「おまえはそれに興味を持った」

いきなりの嗄れ声が与える効果は、傲岸不遜《ごうがんふそん》な大貴族をも驚かせた。

「そして、それを手に入れたくなり、ゴーシンを滅ぼした上で、〝時間狂い〟の術をかけた。違うかの？」

バッテンポールは沈黙した。図星だったのではない。怒りのせいだ。貴族特有の青白い顔は、どす黒く染まっていた。

後方に三メートルも跳び下がるや、右手をふった。手裏剣打ちに放たれた短剣はDの心臓へと走り、呆気《あっけ》なく握り止められていた。

「者ども――こ奴を殺せ！」

大音声の下知《げじ》に、たちまちアンドロイドの衛兵たちがDを取り囲んだ。全員がレーザーガンを構えている。

「射《う》て！」

バッテンポールの叫びに、

「やめい！」

とリディナが命じた。衛兵は彼女の父の部下である。死のビームは放たれなかった。

「何故、止める？」

怒りの炎を、リディナは平然と受け止めた。

「このハンターには、父の死の謎を解くように依頼してございます。ここはご容赦を」

大貴族は理性と憎悪の間《はざま》で沈黙した。その喉を黒い手甲に覆われた手が掴んだ。

「――何を!?」

愕然《がくぜん》とする姉弟も無視して、

「〈神祖〉の機械とやらは何処にある？」

「……知ら……ぬ」

声は喘音だ。あと五秒もせず窒息死に到るだろう。

「やめい、D」

リディナが長槍をDの心臓に突きつけた。

4

「我らの大叔父にそれ以上の無礼は許さん。手を下ろせ」

かたわらで、ドウシュもうなずいている。

バッテンポールから手を離し、Dはもう一度、

「機械の在り処《ありか》は何処だ？」

と訊いた。リディナが眼を剝いた。バッテンポールがうなずいたからだ。

Dを見つめる眼に、明らかに畏怖があった。

「以前、ゴーシンに教えられた——来るがいい」

四人は城を出た。護衛はリディナが禁じた。サイボーグ馬にまたがり、一同は月光の道を北へと大地を蹴りはじめた。

一時間足らずで、磊々《らいらい》と岩塊が立ち並ぶ一角に着いた。

並び方からして人工のものだ。

「奴の研究所のひとつだが、遺跡ではないぞ」

左手がささやいた。

「この下に眠っておると、ゴーシンは言った。だが、彼も見たことはないという。掘削ロボッ

トを使えばあっという間だが、無闇に開けるなとゴーシンから言われておる」

彼はDが話を聞いていないのに気がついた。世にも美しい若者は、ひときわ巨大な石塊《いしくれ》に近づき、その表面に刻みこまれた何やら模様のような形に左手の平を押しつけたところだった。

岩々が音もなく位置を変えるのを、D以外の者たちは驚愕の表情で見やった。

「おまえは……」

呻いたのはリディナだ。

「何者だ」

と引き取ったドウシュへ、バッテンポールが喉へ手を当てて、

「さっき、気がついた。あの手から伝わる異様なエネルギーは——誰のものか」

残る二人が驚きを超えた恐怖の眼差しを彼に向けたとき、不揃《ふぞろ》いにそびえ立つ岩の山は整然と何かを囲むように位置を変え、その中心に黒い塊が固定されていた。

「あれが——貴族と人間の一体化を成し遂げるというメカか……」

ドウシュの声は震えていた。

「そういう話は〈辺境〉中にある。だが、真実を突き止めたものは誰もいない。その機械だとて、果たして稼働するかどうか」

「このメカについて知っている者は？」

Dが訊いた。相手はわからない。答えたのはバッテンポールだった。

「この領地で可能性がある者は——老ボンダルチュくらいだろう。この場所までは知らんはずだ」

「弟子がおったの——カシュヂとやら」

Dとリディナの脳裡《のうり》には、老魔道士の下働きをしていたトロそうな男の顔が浮かんだ——かも知れない。

ボンダルチュの工房で死者を甦らせる薬を求めていた男。ひょっとしたら、彼はさらに事情に通じているのだろうか。

「ゴーシン・マクギャリスの真の遺産とはこれか」

静かな声は、全員の視線を受けるに値するものを含んでいた。

「ゴーシンを滅ぼした者は、このことを知っていた。だが、これは最初期のものだ」

貴族の趣味に合わせて、鉄鋲《てつびょう》を打ちこんだ旧いメカへ近づき、Dは味気なく並んだダイヤルとレバーの幾つかを動かし、最後に、中央の大きなハンドルを廻した。

機械が唸りはじめた。

「どうするつもりだ？」

ドウシュが眼を丸くして叫んだ。

「ここから生まれた失敗作は、五〇余体に及ぶ。そして、奴はここを見捨てた。いま、はっきりと片をつけてやろう」

「待て」

「ちょっと」

「おい」

三人の貴族が止めたが、遅かった。Dの前で機械は稼働をやめず、ゆっくりとその輪郭を曖昧にしていった。死に向かっているのだ。

いつの間に消えたのだ、と月光は怪しんだかも知れない。

そこには岩もなかった。平坦《へいたん》な地面の一角が広がっているだけだった。

「おまえは――」

とバッテンポールが痴呆のようにつぶやき、

「――何者だ？」

と姉弟が声を合わせた。

Dは無言でサイボーグ馬の方へ歩き出した。

Dの右に並んで風を切りながら、

「何処へ行く？」

とドウシュが訊いた。答えがないので、

「カシュヂとやらの家であろう？」

左方に並ぶリディナであった。

返事はなかった。Dのサイボーグ馬がいきなり膝をついたのだ。喉から首、前足のつけ根にかけて数本の矢が突き刺さっている。

ドウシュとリディナも続けざまに馬ごと倒れた。神速で手綱を絞ったDとは異なり、鞍から前方へ吹っとんだその肩に矢が飛んだ。

苦鳴を洩《も》らしつつそれを引き抜いたのは、不死身の貴族ならではだが、矢はその左右を流れた。新たな苦鳴は三人の背後――最後尾についたバッテンポールのものであった。空中へ放り出されたその心臓をやられたのだ。

「大叔父！」

三人の眼の前で、大貴族は塵と化した。

リディナとドウシュは馬の背に隠れた。敵の矢は次々にサイボーグ馬の胴体を貫いた。二人の背後でDの右手が、かすめる矢の一本を摑んだ。

「キリがないぞ！」

ドウシュがDの方へ身をよじった。嗄れ声が応じた。

「妖弓だ。目標を射抜くまで、いつまでも飛んで来るぞい」

Dは右手をふりかぶった。

矢は消えた。飛来する矢を縫って投げ返されたのである。

敵までの距離も知らず、位置さえ不明のまま、しかし、二秒とかからず妖術まみれの矢は停止した。

「やったの⁉」

「凄え！」

感嘆する姉弟へ、

「後から来い」

と伝え、Dは信じ難い速さで道を走り出した。

姉弟は見送ってから背後を向いた。Dの「後から」が、大叔父を葬ってから来いの意味だとわかっていたのである。

「こんなときでも、失われた生命のことを考えているのね」

こう告げるリディナへ、ドウシュは肩をすくめた。星空の下である。

「変わった野郎だ」

「全くね。私たちも急ぐわ」

二人が大叔父の灰をそれぞれの袋に詰めてDの後を追ったのは、それから七分を過ぎてからであった。

カシュヂの家は闇を呑みこみ、闇に包まれていた。

サイボーグ馬を下りて、Ｄはドアを押した。鍵はかかっていない。その向うに広がる居間の中に、Ｄの眼は、ソファにかけた人影を見ることが出来た。

「ここへ来るまでに、おまえのことを村長から聞いた。時折、村人が目撃した術は、ボンダルチュを凌《しの》いだと、な」

「何の用だい？」

椅子の何処かから鈍重な声が流れて来た。

「ボンダルチュを殺したのは、おまえか？」

「なしてそう思うだ？」

「おまえは、師匠から、ある機械の話と在り処を聞いた。そして、高く売れると考えた」

Ｄの声は、闇の深さを増していくようだった。

「ボンダルチュはそれに気づいて、おまえを責め、罰を与えようとした。そして、おまえに殺された」

「とんでもねえ」

声は言い返した。

「おれにゃ、あの爺さんをやっつけるような力はねえ。そら、機械のことは知ってたけど、あんなもの、おれの手にゃ負えねえ。放っとくつもりだった。本当だ」

「機械のことを誰かに話したか？」

気配が固まった。

「誰じゃ?」

と左手が訊いた。

「実はその……村の連中と飲んでるとき、酒場でつい……けど、ひと月以上前の話だし、みんな本気になんかしなかったぜ」

「そのとき誰がいたか覚えてるか?」

「おお、村の連中だけよ。それより、あんた、昨日会った色男だろ? 声でわかるが、さっぱり見えねえ」

カシュヂの返事に、左手の声が重なった。

「どうした?」

Dは答えず、邪魔をした、と告げて、外へ出た。

サイボーグ馬に乗って走り出すまで、左手が、どうしたどうしたと質問を繰り返し、ようやくDは、

「解けた」

と答えた。

二時間ほど経って、月光が荒野の一地点に現われた荷馬車と、そこから降りた二つの影を冷

え冷えと映し出した。

男と女である。周囲を見廻し、

「おかしい。確かにここだ」

と男が焦ったような声を上げた。

「そうよ。でも影も形もないわ。出遅れたようね」

「どうする？」

「ここは逃げましょう。あの娘とハンターは厄介よ」

「そのとおりじゃ」

闇の声は、確かに十数メートルも離れているのに、耳もとで鳴り散らしたかのように、二人を凍りつかせた。

風を巻いてそちらをふり向いた娘の眼は、赤く燃えていた。

「ミスをした」

と別の——Dの声が言った。

「おまえたちが、森の中からおれを見たと言ったときに疑うべきだった。おれとドウシュの眼は夜といえどもあそこからおれを見ることが出来る。そのために、人間は無理だと思いつかなかった」

「…………」

「人間には無理だったが〝もどき〟なら闇中《あんちゅう》でもおれが見える。村の連中が気づかなかったのは、発見場所へ行かなかったからだ」

二人は沈黙していた。Dは娘の手に眼をやった。

「今朝、おまえは手袋の代わりに、畑の土を塗って魔道士の手を隠そうとした。あのとき、疑いは決定的になった」

「——上手くやったつもりだったのに。さすがね、D」

ユニの両眼が異様な光を放ちはじめた。両手は手袋をはめている。

「私の家は代々魔道士だった。それを隠していたのは、人に交じって静かに暮らしたかったからだ。曾祖母も祖母も母もそれを選んだ。だが、私は違った。星を読み、人を操る術を身につけた一族が、何故、平凡な人間たちと同じく生きねばならないのだ？　私は村を出るつもりだった。それを熄《や》めさせたのは、ゴーシンの遺言であった。〈御神祖〉が開発し、この地に埋めた装置。それを手に入れて駆使できれば、私は〈神祖〉にすらなれるのではないか」

「だが、ひとりでは無理だ。装置の場所を特定し、掘り出すことも出来まい」

嗄れ声であった。

「そのためには、貴族の力が必要だった。おまえと同じく野心満々の輩《やから》がの。〝時間《とき》狂い〟の術をかけるべく、待機していた林の中で、おまえはわしらを見た。そして、村へと訴え出たのじゃ。貴族の中の邪魔者を始末するためにな」

「やはり」

リディナが呻いた。声は馬上の弟――ドウシュに向けられていた。

「――わしらなら、邪魔者を始末できるとドウシュとおまえは考えた。同時にわしらも負傷するに違いない。蛇腹の化物どもを送りこんで、とどめを刺せば、両方とも斃せるとな。さっきの妖術矢も同じじゃ。甘かったのお」

嗄れ声は、かん高く笑った。

「言うことがあるか？」

尋ねるリディナの前で、ドウシュは沈黙していた。

その唇が歪んだ。笑いの形に。Dと行動を共にしていた素朴な貴族のイメージは何処にもなかった。

闇も凍てつかせる妖気と鬼気が、Dとリディナの顔を打った。

「不忠者！」

姉と弟の間をひとすじの影がつないだ。心臓を貫いた長槍の柄《つか》に手をかけ、ドウシュは一気に引き抜いた。

「五〇〇年も前から姉上に刺し抜かれて来た成果です。一髪分外れましたぞ」

その右手が上がった。空気を灼いて飛来した手裏剣は、リディナの喉もとを貫いた。それを弾《はじ》くべき長槍はドウシュの手の中で動きを封じられていた。

だが、怖るべき弟の首を白い針が縫ったのは、次の刹那《せつな》であった。

「おれに牙を剝いたな」

Dの声は天の高みから降って来たように聞こえた。

頭上から躍る黒衣の影へ、ユニは両腕を上げた。妖力を備えた手は、いかなる武器も圧搾停止させるはずであった。

ユニは見た。Dの両眼は煮えたぎる血のるつぼであった。それは並みの貴族の眼光ではなかった。

頭頂から股間まで割られて崩れ落ちるその二つの肉体の先で、ギャゾンが悲鳴を上げた。

「おれは何もしていない、その女に——そそのかされたんだ!」

へたりこんだ男の言い草が本当かどうか、そちらを見ようともせぬDの背後で、苦鳴が尾を引いた。

短刀をかざしたドウシュの胸から、血まみれの槍の穂が生えていた。

「昔と等しく」

槍を構えたリディナの身体は、弟もろとも塵と化しつつあった。

Dはサイボーグ馬にまたがった。

ギャゾンがまだ生命《いのち》乞いの叫びをふり撒《ま》いていた。

そこで起きたこと、残った者とも無縁な人馬は、すぐ闇に溶けた。

第四話　帰郷

1

その若者が降って来たのは、〈南部辺境区《セクター》〉を上下に貫く「中央街道」――そのほぼ真ん中を西へと折れる予備街道へ入って、五キロほど進んだときであった。

サイボーグ馬にまたがったその騎手の美貌に眼がくらんだと取れないこともない。黒い宝石のような瞳の中で、両膝を抱えてのたうち廻《まわ》っているのは、二〇前後と思《おぼ》しい若い男であった。旅行用のポケットの多いコートの下から、剣の柄《つか》が覗《のぞ》いている。

美貌の騎手は、一瞥《いちべつ》したきりでその横を通過しようとした。彼が何処《どこ》から何から落ちて来たのかにも無関心なのだった。

「上じゃ」

騎手の左手から嗄《しゃが》れ声が噴出した。

騎手は頭上をふり仰ぎ、一気にサイボーグ馬を発進させた。

一〇〇メートルも疾走した背後で、何やら地面に激突する音と、男の悲鳴が上がった。

さすがに馬を止め、騎手はふり返った。

灰色の形が一メートルほどの山を成し、周囲に同じ色の形が跳ねていた。

「グレイ・バスだな。おい、放っておくと、あの若いの骨まで齧《かじ》られるぞ」

返事の代わりに、騎手は上体を右へずらした。跳ね廻る一匹がとびかかって来たのである。

全長五〇センチほどの魚は、独特の構造から一八〇度いっぱいに開く口の中で鋸《のこぎり》のような牙《きば》を何度も嚙《か》み合わせた。

「助けてくれ」

悲鳴は、魚の築いた山の向うから聞こえた。

騎手の動きは迅速であった。サドルバッグの蓋《カバー》を弾《はじ》きとばすや、何かを摑《つか》んで投げた。

それはきっかり三秒後に空気に溶け、麻酔ガスに変わったのである。ガスは魚の山全体をカバーし、その動きはみるみる停止した。山は崩れ落ちた。

現われた若者は血まみれだったが、生命に影響はなさそうであった。呼吸もせわしないが、すぐ正常に戻った。

「助かった——礼を言うぜ」

肩に食らいつく魚怪を毟《むし》り取り、その拍子に足を押さえて悲鳴を上げた。

「野郎」

とふくらはぎの奴の尾を摑んで地べたへ叩《たた》きつける。

「麻酔ガスだ――死んではいない」

　こう言って、騎手は背を向けた。

「ええ――っ⁉」

　若者は周囲を見廻し、助けてくれと騎手に呼びかけた。

「なあ、おい、足をやられたんだ。頼むよ、連れてってくれ。このままじゃ、こいつらに食い殺されちまう」

　騎手は背を向けた。

「待ってくれ。おれは行かなきゃならねえところがあるんだ。ストゴイリの村で、仲間が待ってる。だから――」

　騎手がもう一度馬を止め、ふり向いた。若者は恍惚《こうこつ》となった。

「何て――いい男だ」

　呻《うめ》き声は恍惚である。

「おまえの名は？」

　と騎手が訊《き》いた。若者の身体の芯が震えた。何と冷たく美しい響きか。

「ゲ、ゲラクだ。ひとりだけあそこから戻った」

「何をしに行く？」

「あの村の外れにある廃墟《はいきょ》と、そこに残ってる連中を――助けにだ」

騎手が手綱を動かし、サイボーグ馬は向きを変え、若者――ゲラクと魚の方へと歩き出した。

魚体を踏み散らしてゲラクの前へ来ると、

「乗れ」

「お、おお」

若者は何とか立ち上がって、馬の胴にしがみついた。世にも美しい騎手が手伝ってくれるような甘ちゃんでないのは、思い知らされている。

「うおお」

苦鳴を合図に地面を蹴った。何とか一度で馬の尻にまたがった。必死に騎手の腰に手を廻す。

サイボーグ馬は歩き出した。

「助かったぜ。まさか、あんなことになるとは思わなかった」

いきなり別人の嗄れ声が、

「何があった?」

「うわっ」

滑り落ちかかるのを、夢中でこらえ、

「こんなときに、腹話術なんかやめてくれ。呼吸《いき》が止まりそうだ」

「何があった?」

ゲラクは溜息《ためいき》をついた。美貌の声に戻っている。

「おれはほんの一〇分前、アーカディックの東岸で、渡し舟を待ってたんだ。そしたら、いきなり水面に竜巻が起こってよ。危《やべ》えと思ったときは巻きこまれて空中よ。その魚どもと一緒にミキサーにでもかけられた気分だったぜ」

ぎゃあぎゃあ悲鳴を上げているうちに、地べたへ叩きつけられたのだという。

「ふむふむ」

嗄れ声は納得したようだ。

〈辺境〉の自然は、休みなく奇怪な現象を引き起こす。気圧の変化による竜巻など日常茶飯事だ。魚や人間どころか、土中のトレマーズ（大モグラ）や、飛行中の人食い鳥の群れも区別なく巻きこんで、数キロどころか数千キロ離れた土地へと運ぶ。一部の狂信者は、風の神によるものだと信じている。植物も根こそぎ持っていかれるため、〈辺境〉独自の生態系が破壊されている土地もあるという。

その点でゲラクの証言は筋が通っていた。

少し進んでから、

「ストゴイリの仲間とは？」

と騎手が訊いた。

「知りたいのかい？　あんまりいい話じゃねえぜ。でも、あんたは何か知ってるようだ。隠し立てはしねえ。あの村の廃墟――あれは、ある研究施設だったんだ。中には五〇人近い子供が集められていた。ところが七年前のある夏の晩、施設は爆破され、子供は全員死亡とされてきた。実はひとりの死体も見つかってねえのによ」

嘲笑を放ってから、ゲラクは続けた。

「爆発が何故起こったのかはわからねえ。生き残ったのは全員――八人だ」

「八人？」

嗄れ声が尖《とが》った。

「五〇人てのは、後付けの人数よ。その方が派手だろ。実際は男と女合わせて八人だったんだ」

「女は何人じゃ？」

「二人だ。どっちも一〇かそこいらだ」

「ピスカとタバチナ――十歳と九歳だ」

ゲラクが口を開いたのは、数秒後だった。

「どうして知ってる。そういや、その美しい顔は……あんた……何者だ？」

「D」

「……こりゃ……参った。一度会いてえとは思ってたが……本当になるとはな」

しみじみと溜息をついて、

「まさか、あんたもストゴイリの村へ？　廃墟が目的か？」

「旅の途中じゃ。行き過ぎる村のひとつというだけのこと」

ゲラクは沈黙した。次の会話のための沈黙であった。

「あんた――雇われてくれねえか？」

「………」

「なあ、頼むよ。あの施設へ行くのはいいが、外からの侵入者には、何重ものガード機構が設けられてるんだ。正直、おれひとりの手に負えるかどうか心細いんだよ」

「おまえがあそこへ戻る目的は？」

Dである。

「あそこを出るとき、まだ普通だった仲間に約束したんだ。絶対に戻って、みんなを人間に戻してやるって。その日が明後日なんだ」

「何故、明後日だ？」

「約束した相手が、あそこへさらわれて来た日だ。八年前のことさ。同じ日に解放してくれと頼まれたんだ」

「約束した仲間は？」

「え？」

「おまえの言ったことには真実がある。声にもだ。女か？」

「そ、そうだ」

ゲラクはDの背後で見えない口を、あんぐりと開けて、ようよう閉じてから、

「参ったな。声だけでお見通しかよ。ピスカとタバチナさ」

「どっちだ？」

とD。

ゲラクはのけぞった。

「そこまでお見通しかよ。タバチナさ。ピスカとは普通のつき合いだった」

「普通の人間と言ったな。あの廃墟はある実験に使われていた」

「そ、そうだ。おれたちを――〝もどき〟に、いや、貴族に変えようとしてたんだ」

「おまえだけが逃げられた――どうやってだ？」

「よく覚えてねえよ。爆発が起こって、おれたちの上に天井が落ちて来た。気がつくと外にいた。タバチナも一緒だった。誤解しねえでくれ、あの娘《こ》を置いておれだけ逃げて来たんじゃねえ。向うが戻るって言ったんだ。ピスカは、タバチナの姉貴だったんだよ」

「……」

「そこで、みなを助けるだけの力をつけたら、戻って来るよって、おれは逃げた。――正直、ついたかどうかはっきりとは断言できゃしねえが」

ゲラクはサイボーグ馬の尻を両手で叩いて笑った。すかさず嗄れ声が、

「魚に生き埋めにされかかる程度の腕では、確かにな」

「うるせー、バカヤロー」

「仲間たちが生きているという証拠はあるのか？」

とD。

「無えよ」

あっさり言った。きっぱりもしている。

「けど、おれは信じてる。ピスカもタバチナも、あの中で生きてることをな」

「ピスカとやらは、人間だったのか？」

「ああ、別れたときはな」

声が急に湿った。

「いまでも無理やり連れて来るんだったと思うときもある。けど、過ぎたことを悔やんでも仕様がねえ。七年ぶりのストゴイリが待ってる――それだけだ。なあ、さっきの話――どうだい？」

ガード役のことである。返事はない。

七年で身につけられる戦闘能力は、人間相手なら十分なレベルに達するかも知れないが、相手が〝もどき〟の群れとあっては。

だから、Dを雇いたいというのもわかる。

Dは応じず馬を進めた。やがて、午後遅く、道の向うに高い柵が形を整えはじめた。

ストゴイリの村は人口二〇〇余。通り過ぎれば瞬《また》く間に忘却の彼方に去ってしまう平凡な村である。八〇〇年ほど前の秋の朝――村外れの荒野に忽然《こつぜん》と石造りの建物が出現した。前日は何もなかったのに、と驚く人々も、貴族の仕業《しわざ》と納得し、それから頻繁に生じる幼い子供たちの失踪にも眼をつむって、七年前の爆破事件まで沈黙を守って来たのだった。

門の手前で、掟《おきて》どおりの誰何《すいか》があった。

「さて、困った」

ゲラクは困惑した。正直に答えれば、何しに戻って来た、と詰問されるのは間違いない。その結果投獄され、殺害されぬとも限らないのである。あの廃墟が村の悪夢の巣窟と化した以上、近づく者は〝もどき〟乃至《ないし》それに属する存在と見なされ抹消されるだろう。

唇を嚙んでいると、Dが問いかけに応じた。

「おれはD――ハンターだ。彼はおれの弟子だ」

これで通った。村へ入ると、

「また助けてもらったな。ありがとうよ」

無論、応答はなかった。

小規模な村ながら、旅商人用の宿屋が一軒あった。

「ひええ、魚臭え」

ゲラクは裏庭の簡易シャワーを浴びた。

部屋へ戻ると、Dが、

「廃墟へ行くぞ」

と言った。ゲラクは打てば響くように、

「よっしゃ」

と返し、馬小屋につないであったサイボーグ馬をとばした。

途中で、

「その馬はどうした？」

と嗄れ声が訊いた。もう左手がしゃべっていると気づいたゲラクは、そっちへ眼をやり、

「ああ、宿の馬屋にあったのを拝借して来たのよ」

「買ったのか？」

「阿呆《あほ》か。置いてあるものに銭払う莫迦《ばか》が何処《どこ》にいる」

「この」

言い争いの場所は、何処までも荒地が広がる平原のただ中であった。四方に森も丘も見えない。あちこちに白々と蠢《うごめ》いているのは霧の塊であった。

急にそれが濃さを増した。

瞬きを二つ三つする間に二人は白い世界の中にいた。

「こいつは――」

舌打ちするゲラクに、

「施設の防禦《ぼうぎょ》システムが作動しているのじゃ」

と嗄れ声が言った。

「来て欲しくないらしいな」

とD。

「嫌われておるなあ」

「うるせー」

罵《のの》って、ゲラクは急におとなしくなった。

「宿を出てから監視されていたが、急に気配がはっきりした。おれたちが施設に近づいたので緊張しているな」

「おまえの彼女ではないのかの？」

「そんな——いや、わからねえ。タバチナなら——いや、いや、いや」

激しくかぶりをふる若者を見ながら、

「ここは引こう」

とDは言った。

「ど、どうしてだ？」

「おまえが訪ねる日には素直に迎え入れてくれる」

「どうしてわかるんだ？」

「——とにかく二日待て」

とDは宣言した。静かだが、反論を許さぬ鉄の響きが、ゲラクを沈黙させた。

2

二人は村へ戻った。宿まで数百メートルの細道を、小さな影がふらふらと歩んで来る。粗末な服を着た少女は、五つ前後に見えた。

Dの眼は左の首すじから衣裳《いしょう》の内側へ流れる鮮血を見て取った。

少し離れたところで、名前を呼ぶ男女の声がした。父と母だろう。道の奥から二つの人影が走り寄って来た。

少女にすがりつき、

「メルよ、何処行ってた⁉」

と叫んで息を引いた。喉《のど》の血に気づいたのだ。

「ま、まだ、陽は沈んでねえのに」

母親が空を見上げた。

娘を抱きしめた父親がDを睨《にら》みつけた。

「おめえか――おめえ――ダンピールでねえのか？」

「そうだ」

Dがサイボーグ馬を下りて、親子に近づいた。Dの名と素姓は知れ渡っているので父親が腰の山刀に手をかけたが、気にもせず、少女の前に屈《かが》んで、喉の傷を見た。

「女だ」

と言った。犯人のことである。背後でゲラクが息を呑《の》む気配があった。

虚《うつ》ろな少女の眼がさらに昏迷《こんめい》し、代わりに血の気を失っていた顔が桜色に染まった。それは両親も同じだった。これほどDの顔を間近で見る者は珍しい。

Dの左手が傷口を隠した。

「ほお、これは珍しいのお」

両親は腰を抜かすところだった。

「貴族に非ず、〝もどき〟とも異なる。ふむ、強いて言えば――」

「血を吸う人間、か」

「そうじゃ」

呆《ほう》けた顔を見交わしている両親へ、

「村長に知らせろ。娘は無事だ。ひと晩眠れば治る」

「ほ、本当かね？」

二人はすがるような眼で訊いた。

「こいつの言葉は鉄じゃ。安心せい」

両親は少女を抱いたまま、全身の力を抜いた。

「村長のところへ送ってやれ」

とDは、ふり向きもせずゲラクに告げて、宿の方へ馬を進めた。

周囲が白く変わった。霧である。Dを追って来たものか。

ふっと背中に気配が生じた。

首すじに凍るような吐息を感じる前に、Dの身体は反射的に最善の行動を選んでいた。

思い切り前方へ傾けた上体から弾きとばされたものは、しかし、空中で消失した。

Dの網膜に白い色彩《いろ》が灼《や》きついた。

「見たかの？」

と嗄れ声――左手が訊いた。

「娘だ。ゲラクと同い歳《どし》」

根拠もない断定だが、Dが言うと違う。

空中で彼は一瞬、忽然と自分の背後に現われ、頸動脈《けいどうみゃく》に牙を立てようとした凶人の姿を目視したのだった。

「施設にいたという娘のひとりじゃの」

「間違いない。瞬間移動《テレポート》を心得ている」

「厄介な技を。何処へでも侵入可能じゃぞ。その気になればどんなに犠牲者が出ても止められん。この霧もあいつのせいか。これは早急に処分すべきじゃぞ」

宿へ着くまでDは答えなかった。部屋へ入ってすぐ、ゲラクが戻って来た。村長と数名の村人が一緒だった。

「これまで、あんなことはなかった」

村長は先刻の吸血された少女の件を持ち出して、すぐに出て行ってくれと要求した。

「何処の村でも輸血の用意はあるだろう。それで済む」

Dは冷やかに言った。

「それにおれが出て行っても、騒ぎがなくなりはせん。血を吸ったのは、おれではないからだ」

「では――どうすればいいだ？」

別の村人が絶望的な叫びを上げた。

「少し待て」

とDは言った。

「一両日。それですべては終わる」

「本当か？」

Dは答えなかった。何でもいつかは終わるという風に取れぬこともなかった。それでも納得して村人たちは去った。

「本当かい？」

ゲラクが同じ質問をした。

「どうなるんだよ、一体？」

Dが彼を見て、

「白い衣裳の娘に覚えはないか？　歳はおまえと同じだ」

「白い――衣裳？」

二つの単語の間の隙間に、解答が潜んでいたらしく、ゲラクは表情を緩めた。すぐに苦悩が領土を広げた。

「それは――ピスカだ」

彼の恋人の名前ではなかった。

「出て来たんだ。おれが戻って来るのを知って」

「おまえの敵かの？」

「とんでもない。それなりに付き合っていたぜ」

「なら、どうしておまえの帰還に合わせて現われ、人の血を吸ったのかの？」

「それは、おれにもわからねえ」

ゲラクは考えこんだ。

「タバチナは施設か？」

「そうだと思うが、わからねえ。七年も経っちまったしな」

「昔のことは覚えていないのか？」

「随分前の話だし――記憶はあまり無え。忘れたいことばかりだったんだろ。覚えてるのは、タバチナとの時間だけさ。それも最後の日のな」

そのとき――窓が音をたてた。

「誰だ？」

ゲラクが走り寄って、ガラスを透かした。

低い声は爆発的な驚きを含んでいた。

「ドタリ⁉」

「生きてたのか⁉」

歓喜が広がった。

「入って来い。明後日、おまえたちんとこ行くつもりだった。そっちから来てくれたか」

ガラスの向うは闇であった。

ただし、白い。

霧である。何処までもつきまとう霧であった。

何も見えない。

だが、ゲラクはいないいないドタリに話しかける。

彼は窓の閂《かんぬき》を外し、大きく左右に開いた。白い色が吹きこんで来る。その中からふわりと、霧をまとった若者が床に降り立ったのである。いたらしい。

「ドタリ――おまえ、あそこで変えられたのか。他のみんなはどうした？」

若者は羊毛のオーバーの上で、唇を軽く湿らせた。ちろ、と鋭い歯先が覗く。妙にたるんだ声が、

「ゲラク――何故、帰《けえ》って来た？」

「約束したからだ、タバチナと」

「来ちゃならねえ――帰《けえ》れ。すぐに帰れ」

「そんなこと言うな。ピスカにはさっき会った。タバチナは無事か？」

「………」

ゲラクは青ざめた。

「何かあったのか？　ピスカは村の子供の血を吸った。タバチナもか？」

「おれたちみんながそうだ」

ドタリは悲痛な表情になった。

「みんな変わっちまった。けど、いままでずっと研究所からは出なかった。これからもそうす

るつもりでいた。だけど——とうとう」

小ぶりな顔を両手が覆った。

「……帰れ……ゲラク……この村から出て行け。おまえは……おれたちの……」

声が止まった。指の間から赤い光が漏出しはじめた。

「ドタリ……」

手はゆっくりと下がっていった。

まず、吊《つ》り上がった眼が現われた。その眼球も眼窩《がんか》も赤く染まっていた。

口が出た。異常に長い犬歯の間を舌が割った。舌は胸もとまで垂れ下がった。

ドタリが舞い上がった。その靴の下で風が鳴った。

彼は天井に張りついた。横殴りのDの一刀を見事にさけたのである。

威嚇《いかく》するように剝《む》き出した牙の奥で、ぐえと喉が鳴った。飛来した白木の針が喉もとからうなじまで刺し貫いていたのである。天井から落下しつつ、彼はそれを引き抜くや、D目がけて投げ返した。

それが何処に行ったかはわからない。無防備で着地したその首をDの一刀が横薙《よこな》ぎに斬りとばした。

若い首は宙をとび、壁にぶつかる前に塵《ちり》となって空気に紛れた。

「よさんか」

左手の叱咤《しった》は、ゲラクに向けられていた。

抜きかけた長剣を若者は歯を食いしばりながら鞘《さや》に戻した。Dを睨みつける眼には憎悪が燃えていた。彼は友の首を刎《は》ねたのだ。――だが、凄《すさ》まじい眼差しはすぐに消えた。きしるように言った。

「こうなるのは――わかってた。おれが甘ちゃんなんだな」

「そのとおり」

嗄れ声は哄笑《こうしょう》しかけたが、すぐにぎゃっと叫んでおとなしくなった。

ぎりぎりと拳を握りしめてから、

「仲間はみな、いまのようになったと思え」

とDは言った。何処か優しい物言いであった。

「きっとそうだ」

ゲラクは虚ろな声で言った。

「タバチナはまだわからん」

「いいや、ドタリはみんな変わったと言った。そうなんだ。やっぱり運命からは逃げられやしねえんだ」

彼は椅子にすわりこみ、両手で頭を抱えた。

「みな、おれがここに来るまではおとなしくあの廃墟で暮らしてた。なのに、おれが表へ出しちまったんだ。ドタリの言葉を聞いただろ。おれはここへ来るべきじゃなかったんだ。だけど──おれは約束した。タバチナに、戻って来ると」

顔を上げた。急激に彼を襲った絶望は、急激に去っていた。覇気に満ちた顔を、Dは黙然と見つめていたが、不意に、

「防御システムがあると言っていたな?」

ゲラクは、ああとうなずき、たちまち、

「あいつら、い、あいつら──近くに来てるのか?」

Dは立ち上がった。

「ここにいろ」

「いや。行くぜ。あいつらはおれが目当てなんだ」

それ以上は止めようとせず、Dは部屋を出た。ゲラクもついて来た。

「ほう」

左手が声ともいえない声で言った。

「思ったほど緊張はしとらんな。大した度胸じゃぞ」

二人は通りへ出て、西の広場へと向かった。闇に呑まれた家々からわずかな光が洩《も》れている。下ろしたシェードの隙間から滲《にじ》む明りの断片であった。すれ違う者もない。いま外にいるのは、村を囲う柵の見張りだけだ。

広場へ出た。閑散とした石畳の上を、風ばかりが渡っていく。月が明るい。満月に近いかがやきと大きさを持つ月であった。二人の息が白い。広場の中央へ移った。

ゲラクが低く呻いた。眉を寄せ、眼を閉じて、

「……ドタリを滅ぼしたな」

と言った。別人の声である。男だ。

「ゲラクの仲間か？」

とDが訊いた。

「――バルランだ。おまえは仲間殺しだ。報いを受けねばならん」

「おれも彼も明後日にはそちらへ出向く」

「おれたちは外へ出たくなどなかった。それなのに――ゲラクよ、帰れ」

突如、世界はかがやきに包まれた。

月がかがやいたのだ。月光とは所詮太陽の反射光である。だが、これは明らかに月それ自体が発光したものであった。

ひとすじの光がDの左胸を貫いた。背後の石畳に小さな――直径五センチにも満たぬ穴が開き、それは以後、いくら塞ごうとしても塞げなかった。その部分の地面が地球の中心部まで腐ってしまったのである。

Dは身を伏せた。

「ムーン・シャイン・ガンじゃ。まさか、あんなものが使えるとは」

左手の声に、意外と悲痛はこもっていなかった。

「地底で暮らしていた世間知らずども、こいつのことを名前しか知らぬな」

Dの右手が動いた。何かを放った動きではなかった。それなのに、立ち尽すゲラクの全身は、見えないロープに縛《ばく》されたごとく緊張し、その姿でDの方へ走り寄って来たではないか。

ごく時たまだがDの使う、不可視の糸の技であった。いつ身につけたものか。

ゲラクはDの前に立った。楯《たて》である。

月光の死線は熄《や》んだ。その隙にDは敵の――武器を操る敵の位置を探っていた。左胸の銃創――否、光創から凄まじい冷気が広がっていく。じきに血もあらゆる器官も凍結するだろう。

左手がゲラクの首すじに上がった。

「出ろ」

その身体が痙攣《けいれん》する前に、左手が命じた。

ゲラクの上体が大きく反り返った。

跳ね戻った瞬間、その口から銀色の塊が吐出し、みるみる人の形を取った。

立ち上がりざま、Dの一刀がその胸を断った。

「バルラン⁉」

ゲラクが絶叫を放った。応じる声は、消えゆく姿にふさわしく、低く悲しげであった。

「……ゲラクよ……早く……帰れ」

冷たい冬の光の下に二人は立っていた。

死のかがやきはもはや放たれないのだった。

「治療に明日一日はかかるぞ」

と、傷口にあてがわれた左手がつぶやいた。

そのかたわらで、

「……また……仲間が……おれは明日、施設へ行く」

とゲラクが宣言した。

Dは何も言わず、地面に片膝をついた。

3

昼近くになってから、ゲラクは宿を出た。昨日と同じ道をサイボーグ馬をとばした。陽は高い。霧の邪魔も入らず、計算どおりの時間で目的地に着いた。
前方――一〇〇メートル足らずの大地に、石とコンクリートの廃墟がそびえていた。冷たい分明るい陽光が、かしいだ壁や、折れかかったアンテナや、隙間だらけのエネルギー吸収タイルを、ひどく虚しいものに見せていた。生あるものなど存在しない。そこにあるのは死の荒涼と寂寞《せきばく》だけであった。

だが、見つめる彼だけは知っている。外から見ても広大な建物だが、地下にはそれに数倍する規模の施設が穿《うが》たれ、彼と七人の仲間たちは奇妙な機械にかけられたり、光を浴びせられたり、血を採られたり、透明の円筒に入れられたりする以外は、自由に遊び廻っていたのだ。

そこは、実験場でありながら、遊園地でもあった。時も場所《ところ》も構わず、階段の上からジャンプすれば、床に激突する寸前、柔らかい光が受け止め、そう願って塔の上から飛び降りれば、鳥のように何処までも飛べた。

得体の知れぬ巨大なメカニズムの稼動を睥睨《へいげい》しながら飛び廻るのは、世界の王になった気分であった。

施設にはたくさんの男女がいて、彼らの世話をしてくれた。遊び相手にもなった。アンドロイドも〝もどき〟もいた。ゲラクにはアンドロイドの方が性に合った。違う人間は薄気味悪かったのである。

ある日、体内にある液体を投入された後で、ひどい熱が出た。このまま死ぬのかと思った。ベッドで呻いていると、〝もどき〟のひとりが、

「我慢なさい。あなたたちは、私たちよりずっと高いところへ行くんだと思うわ」

と慰めた。

高いところって何処？　と訊いたような気もするが、返事も含めて記憶にはなかった。その

〃もどき〃にも二度と会わなかった。いまにしてみれば、まずい会話だったのかも知れない。

何不自由ない暮らしに冷たく暗い風が吹いたのは、大分経ってからのことである。

施設間を飛び廻っていた仲間のひとり――キリロロダが突然苦しみ出して、床へ身体を打ちつけたのだ。

最初からそこにいたのではないかと思われる速度で集まったスタッフが、数秒のうちに運び去った。キリロロダは何も言わなかったが、介護用アンドロイドに抱かれたその顔が、ゲラクの網膜に灼きついた。

髪も抜け落ちた皺《しわ》だらけの老人の顔が。わずかに残った髪は白髪であった。

一転地獄に変わった天地の下で、ゲラクは、ここを出ようと誓った。

仲間にも伝えたが、同行しようと言う者はいなかった。逃げられっこないと思っていたのかも知れない。だが、邪魔は入らなかったし、追っ手もかからなかった。誰かが助けてくれたような気がした。あの〃もどき〃の顔が浮かんだ。そして、あの爆発が起きた。

それから、ゲラクは流れ者の戦闘士になった。脱出後、村へも戻れず街道をうろついているうちに、追剝《おいはぎ》や野盗に襲われても、ことごとくを撃退する力を体得していると知れたのである。射《う》たれても斬られても痛みは一瞬、傷口が塞がるのも一瞬、振る刃は敵の剣をへし折り、骨まで断ち切った。

但し、心身のうち前者は変化なく、おっちょこちょいで臆病なのは従来どおりであった。それで何とかやって来られたのは、後者の際立った能力の故であった。

それでも不向きの水は徐々に滲み出て来る。生命のやり取りにうんざり過すうちに、タバチナに誓った帰還の日は迫って来る。もとより逃げる気のなかった彼は、この地へとサイボーグ馬を進め、いまを迎えたのであった。

「みんなどうしてる？」

思わず口に出したが、応じる者はない。それに答えはある程度、彼の胸中で形を整えていた。貴族の手になるとは思えぬ崩れた塀を越え、草も生えぬ前庭から正面玄関をくぐった。

広大なホールが迎えた。眼を剝いた。外とは天と地ほども差のある光景が迎えたのだ。

塵ひとつない床と採光十分な大窓、光の下に色とりどりの椅子やソファが整然と並んでいる。

「これは――」

胸中の疑念を口にした。応答があった。

「来るなと言ったろ、ゲラク」

「ムシューか？」

「そうだ。出て行け、ゲラク。いまここへ来てはいかん」

「明日ならいいのか？」

沈黙が生じた。

「――みな無事か？」

「ドタリとバルランを除いてな」

「おまえは達者そうだな」

「元気だ。ピスカもザクスもな」

「――キリロロダはどうだ?」

「亡くなった」

皺だらけの顔、まばらな白髪――凄まじい顔が浮かんだ。あれが――おれたちの末路なのか?

「ゲラク――何をしに戻って来た?」

若い声が訊いた。

「タバチナとの約束を果たしに、だ」

「おれたちを救うと言ったそうだな。見通しがついたのか?」

「ああ」

ゲラクはきっぱりと言った。

「へえ」

ムシューの声を揶揄《やゆ》の翳《かげ》がかすめた――そんな気がした。ゲラクは天井を見上げて言った。

「約束は守ったと、タバチナに伝えてくれ。みなと会いたいんだ」

「明日まで待て」

「どうして今日じゃ駄目なんだ？」

「おまえが約束した日が明日だからだ」

「――しかし」

青い光が天井と床とをつないだ。

「出ろ」

「聞かせてくれ。タバチナは無事か？」

「無事よ」

凄味《すごみ》のある女の声が割って入った。

「ピスカ⁉」

「その節はタバチナが世話になったわね。あなたが出て行ってから、あの娘はすっかり気力を失くしてしまった。生ける屍《しかばね》よ。私が言うのも何だけど」

「大丈夫だ。みんな元に戻る。人間に戻れるんだ」

「それは大変なことね。約束は守ったわけだ」

「タバチナに会わせてくれ」

「明日――いらっしゃい」

「どうしてだ？」

「あなたがそう言ったはずよ」

「おれは、みんなのために帰って来たんだ。みなを人間に戻す手段も持っている」

「いい話ね」

ピスカの声には、ムシューと比べて嘲《あざけ》りがなかった。

「でも、努力したのは、あなただけじゃないのよ」

「何？」

「でも、帰って来たのは評価してあげる。どんな結果を迎えようともね」

「みんな人間に戻れるんだ。それ以上のいい結果があるか！」

「だといいわね。とにかく明日までお待ちなさい」

青い光がゲラクの脳天から股間までを貫いた。

きしるような声で喚《わめ》いた。

「何故だ？　何故、おれにこんな真似を？」

ピスカの声が広いホールを渡った。

「明日わかるわ——戻っておいで。私たちのための手段とやらを抱いて」

声が消えた。

ゲラクは何とか立ち上がり、ああと呻いた。

そこは荒れ果てた廃墟だった。

天井には幾つもの穴が開き、床はひび割れ、壁は空しく崩落の悲惨さを示している。

「夢か」

とつぶやいた。ここで放った中で、最も力のこもったひと言であった。

「みんな夢か。だが――タバチナだけは……」

かすかな声が鼓膜に触れた。

「ゲラク……帰って」

「タバチナ⁉　タバチナか⁉」

「――このまま帰って。明日のことも忘れて頂戴」

「どういう意味だ？　おれは、おまえとの約束を果たしに戻って来たんだ」

「いいのよ、もう。黙って戻りなさい。私のこともみんなのことも忘れて――ひとりで安らかに暮らして頂戴」

「やめろ！」

両手を突き出して叫んだ。

「この手で、人間に戻る方法を摑んだんだ。せめて、おまえだけでも、ここから救い出して戻る」

「……もう来ては駄目よ、ゲラク。明日のことも忘れて」

「嫌だ。おれがどんな思いでこれを手に入れたと思ってる？」

「さよなら、ゲラク」

声は空中に吸いこまれた。

ゲラクは何も言わなかった。凄まじい空虚が全身を重くしていた。

誰かに、何もかも違うと言って欲しかった。廃墟の沈黙だけが彼を包んでいた。時が流れていく。

少ししてゲラクは外へ出た。サイボーグ馬が待っている。それだけが生ける現実であった。

村へ戻ると、Dは病院のベッドに横になっていた。村の医師がついていたが、何の役にも立っていないのは、その顔でわかった。

「どうなってんだ？」

というゲラクの問いに、医師は、皺の多い顔を両手で拭い、

「月の光に刺されたそうだな？」

と言った。呆けた表情は、左手を相手にしたせいだろう。それでなくても、月の光で刺されたというのは、〈都〉の医師でも理解し難かったに違いない。

Dを斃《たお》した月の光。

月自体は発光しない。だが、万年に一度、自らかがやく瞬間、その光は優しく冷たく万物を貫き、破壊する。ムーン・シャイン・ガン。貴族すら斃すといわれる死の女神の光には、Dも抗し得ないのか。

だが――

「心臓はとうに停まっておる。なのに全身の機能は活動中だ。つまり、この若者は死にながら生きている。さすがダンピール――いや、さすがとも言えまい。あり得ん事態が美しい人の形を取っているのだ。誰か教えてくれ、この男は何者だ？」

医師に答える者はいなかったのか、ゲラクがその役を担った。

「〈辺境〉一の貴族ハンターさ。剣の腕も身体も桁外れの強さがある――何とかならねえのか？」

「私の手では無理だ」

「ま、そうだろうな。おい、左の憑《つ》き物――おまえならどうだ？」

「やっとるよ」

嗄れ声が面白くもなさそうに応じた。

「しかし、まだこれという結果は出とらんな。ひょっとしたら、このままアウトかも知れん」

「待ってくれ。何とかしてくれ」

左手は間を置いて、

「そういえば、おまえ、女との約束を果たしにここへ来たわけじゃな？」

「そうさ」

「具体的に言うと――〝もどき〟を人間に戻す法」

　左手の平に小さな眼が生じ、鋭い視線を浴びせて来た。

「そ、そうとも」

「ならば、その一部を貸与せい」

「い、一部を？」

「いま指摘したとおりの方法を見つけたなら、その一部を利用すれば、こ奴も復活しないとは限らん」

「どどの一部か知らねえが、断る。これはおれと仲間だけの秘密だ」

　小さな眼は、じっとゲラクをねめつけていたが、急に消滅した。

「まあ、よかろう。では、いまのやり方を続けるしかあるまい。おい、手を貸せ」

「何をしろってんだ？」

「外から土を運んで来い」

「ナニ？」

「土じゃ。幾らでもあるじゃろ。山ほど持って来い。でないと、こ奴は二度と眼を醒《さ》まさんかも知れん。ま、おまえとはあまり関係のない話じゃが」

「冗談じゃねえ――わかったよ」

　早速、外へ出て近くの田圃《たんぼ》の土を、病院で借りた袋に詰めた。シャベルも病院の品である。

　ひと袋――三〇キロほどを持って行くと、左手はいきなり袋にとびこんだ。

砂を噛むような、と言うが、正しく砂を喰う音であった。

三〇キロの砂は瞬く間になくなった。

唖然《あぜん》とするゲラクを尻目に、

「おい、お医者さん、水はあるか？」

「ああ。病院だからな」

医師の応答が普通なのは、ゲラクが戻る前に左手とやり合っていたのだろう。

「いや、水では時間がかかるばかりだ。血はないか、血は？」

「あるが、これは患者用だ」

「うーむ」

ゲラクは嫌な予感がした。次の瞬間、来た。

「おい、おまえの血をよこせ」

「血ィ？　真っ平だ」

「こ奴が死ぬぞ」

「うう」

手の平に小さな口が生じた。

「うう」

「早くせい」

容赦ない口調にゲラクはナイフを取り出し、左手の平に当てた。

「莫迦者め。そんなところから出る分で足りるものか。手首を断れ」

「えーっ⁉」

「安心せい。血が尽きる前に傷口は塞いでやる」

ゲラクは息を吸い、大きく吐いた。それからナイフの刃を言われた場所に当てた。

4

「そこまでだ」

左手が告げて、流血の業は終わった。

三分の二を取られて、ふらつくゲラクの手首を、小さな舌がペロリとやった。左手のものである。悲鳴を上げる力もなかった。ゲラクはふらふらと部屋を出た。

「こら、何処へ行く？」

医者が咎《とが》めたが、彼は外へ出て、路上で足踏みをはじめた。血の巡りをよくするためだろう。

すでに夕暮れであった。あちこちに明りが点《とも》っている。

そこで暮らすのは、ゲラクの人生とは無縁の人々であった。この村で生まれ、生き、そして死んでゆく。平凡な——しかし、ゲラクたちには決して許されぬ生き方が、いまとなっては何と懐かしく感じられることだろう。

「おれだって――」

ゲラクは悔恨を声に乗せた。

「あんなことがなきゃ、まともな暮らしが出来たんだ。いや、みんなだって」

急激なめまいに襲われ、彼は手近の柵にもたれた。

悲鳴が上がった。そこへ走った。二〇メートルほど先の一軒家であった。

近所の者の姿はない。家の中でちぢこまっているのだろう。

「邪魔するぜ」

扉を押して入った。

居間だ。二人が倒れていた。中年の夫婦だ。裂かれた喉から迸《ほとばし》る血が床に赤い領土を広げていく。

もう二人――いた。全身の力を抜いた二〇歳そこそこの娘と、その首筋にかぶりついた若者が。

「ザクス」

「挨拶に来たぜ、ゲラク。何で戻って来たんだ？」

「……おまえまで……」

「すぐに村を出ろ。そうすれば、おれたちもこんなことをしなくても済むんだ。戻れ」

「おれはおまえたちのために……」

「嘘をつくな。おまえがあそこを出て行ったときに、すべてが狂いはじめたんだ。そうでなきゃ、おれたちは貴族の血にも眼醒めず――」

「ザクス――去れ」

ゲラクは斬りかかった。かつての友に何をしているのかはわかっていた。

白刃の下を、ザクスは水のように窓へと流れた。

窓の隙間から流出する友を、ゲラクは呆然《ぼうぜん》と見送った。

娘が床に崩れ落ちた。その音と響きを、ゲラクは遠く聞いたまま立ち尽していた。

村人たちがやって来たのは、数分後であった。彼らに犯人は別の者だと納得させるには、さらに一〇分以上を要した。


翌日、夜明けと同時にゲラクは医者の下へとんでいった。医者は眼をこすりこすり、勝手に連れて行けと言った。

病室へとびこむと、Dはまだ横たわっていた。

「駄目かあ」

恨みがましく見つめる眼の中で、黒い後ろ姿が上体を起こした。

「おれが来た途端に――気が合うねえ、相棒」

「行くぞ」

Dはベッドを下りた。

二人は病院を出て、サイボーグ馬に乗った。

「具合はどうじゃな？」

左手が訊いた。Dのことだと思って口をつぐんでいると、

「眼の下に隈《くま》が出来ておるぞ。苛立《いらだ》ってもいるようだ。体調がよくないな」

「るせ」

と吐き捨ててDを見た。

「あんた――生き返ったばかりなのに変わらんなあ」

若く瑞々《みずみず》しい光がDの全身に吸いこまれていく。そして、闇色の姿はさらに深さを増していく。

――闇の申し子か
とつぶやき、ゲラクは茫然《ぼうぜん》となった。その瞬間浮かんだ言葉に驚いたのである。

――いや、その……

「みな、来ない方がいいと言う」

Dがふと、言った。

「まだ引き返せるぞ」

「そうはいかねえよ、ここまで来ちまったんだ。もう還る道も場所もありゃしねえ」

「何もなし、か」

左手が溜息をついた。

ゲラクは何か思いついたみたいに指を鳴らした。

「そうだ。なあ、この件が片づいたら、おれをハンターに仕込んでくれねえか？　あんたと一緒に旅をしながらよ」

どう考えても、これくらい返事の返って来ない問いはないから、Dは沈黙のままだ。

「どんな特訓にも耐えてみせるぜ。手足の一本や二本なくなっても構やしねえ。下働きでも何でもするよ。な、頼む。考えてみてくれよ」

Dがこう言ったのは、しばらく経ってからである。

「仲間はどうするつもりだ？」

「へ？」

眉を八の字に寄せて口をつぐんだ。間も置かず、

「あいつらだって、もう大人なんだから、自分の身のふり方くらい自分で何とかするさ。ひょっとしたら、ひと騒動あるかも知れねえしよ」

この答えをどう思ったのか、Dはそれきり口を開かず、やがて白いものが周囲を流れはじめた。あの霧だ。

「あと約一キロだ。向こうも警戒しはじめたの」

左手が愉《たの》しそうに言った。

ゲラクが長剣の鯉口《こいぐち》を切った。

その耳に、

「よく戻って来たな」

「お帰り」

「早く来い」

ひとつに重なり、或《あ》いはばらばらに届いた。

昨日はみな、帰れと言ったのだ。

「だが、こいつは邪魔だ」

霧はＤの周囲で渦巻いた。

苦鳴が上がった。霧は朱に染まった。

「やめろ！」

ゲラクは鞍《くら》を叩いて喚いた。

「これ以上ちょっかい出すなら、おれは帰るぞ！」

「もう遅い」

耳もとで弱々しい声がした。彼の背に若者が乗っていた。左胸に血が滲んでいる。

「ムシュー」

「いま斬殺された。早く行け、タバチナが待ってる……ぞ」

ゲラクの背に溜った灰が、サイボーグ馬の一歩で滑り落ちた。

「どうしてだ？」

ゲラクは怒りと苦痛の混じった声でつぶやいた。

「どうして、みな牙を剝く。おれは――」

「人間に戻す方法を手に入れて来たのに、か？」

左手であった。

「そうだ、そうだよ」

「なら、奴らがおまえを狙う必要はあるまいて。昨日までは来るなと言い、今日は来いと迎え入れる。この辺じゃな、問題は」

「う、うるせえ。行ってみりゃわかるさ」

ぎゃあぎゃあやり合っている間に、Dが、

「着いたぞ」

と言った。廃墟に入ったのだ。

「みんな――来たぞ！」

ゲラクが声を張り上げた。

待つほどもなく、

「よく来てくれたわ」

美しい女の声が迎えた。哀しみに満ちているのは仕方がない。美しいのだから。

「タバチナ」

別の女の声が、

「ねえ、ゲラク――あなたがいなくなった日から、私たちには罰が与えられたのよ」

「ピスカか。――どんな罰だ？」

「あなたが還ると約束した日まで、私たちは徐々に変わっていったの。わかる？」

「わからねえ。何だ、そりゃ？」

「みんな――来るなと言ったでしょ。あなたさえ来なければ、罰は全うされないかも知れないと、みんな希望を持っていたの。でも、あなたは来てしまった。こうなった以上、仲間に加わりなさい。〝もどき〟から、貴族になる仲間に」

ゲラクは混乱したように頭をふった。何回かそうした後で、

「おれたちは最初から、そうなるよう仕向けられてたんじゃねえのか？　そのためにここへ集められたんだと、おれもおまえたちも思ってたはずだ」

「そんなことをするなら、血を吸えば済むことよ。だから、わからなかったんだけれどね。私たちがここへ集められたのは、〝もどき〟のままで、人間と同じ生活が出来るようになるため

の実験台だったのよ」

「ほう」

霧の中で嗄れ声が呻いた。

「貴族は人間になれないわ。〝もどき〟もそのままでは、名前のとおり貴族と同じ陽の光を忌み、飢えれば人間の血を求める。この施設をこしらえた誰かが、そうしないで生きられる〝もどき〟を造り出そうと考えたのよ」

サイボーグ馬の二人は沈黙を継続していた。

「――それは成功したわ。あんたが姿を消すまではね。でも、誰かが怒った。そして、私たちを徐々に普通の〝もどき〟に戻るよう仕向けたの。今日のこの日、あなたが戻って来たとき、私たちは完全な〝もどき〟に成り下がる運命だったのよ」

「なあ、ゲラクよ」

男――最後の男ザクスの声が呼びかけた。

「おまえ、俺たちを人間に戻す手段を見つけたと言ったよな。さ、試してくれ。おれたちはもう立派な貴族だ」

「――なら駄目だ。おれのは、〝もどき〟を人間に戻すしか出来ねえ」

「そんなものはないのよ、ゲラク」

哀しみに満ちた声が言った。その女のために、彼は戻って来たのだった。

「あなたが言ってることは、すべて嘘。私との約束を果たすために戻って来た——自分でもそう信じてたのね」

「……………」

「私たちが昨日まで、帰れ戻れと要求していたのは、今日貴族になり切るのが怖かったからよ。その前にも血を吸いに出ては行ったけど、あくまでも〝もどき〟のレベルで済んでいたわ。でも、もう遅い。私たちは貴族になり切ってしまった。これが誰かの仕組んだ罰なのよ」

タバチナの声は笑いを含んだ。

「何にも手にしていないのに、どうして戻って来たの、ゲラク？　私のため？」

「そうだ」

ゲラクはうなずいた。

「そして、おれもおまえたちと同じだった。さっき、おれはザクスが血を吸った娘を誘い——もう一度血を吸った。見えるか、この牙が？」

「やれやれ」

と霧の中から嗄れ声が聞こえた。やりきれなさそうな響きがあった。

「それでこ奴が甦《よみがえ》ったのか」

「誰が、おれたちをこんなにした？」

ゲラクが胸を叩いて叫んだ。

「勝手に造り変えて、自由に生きようとした途端に、勝手にまた変える。Dよ——あんたは知っているんじゃないのか⁉」

「D」

怯《おび》えたようなザクスの声が上がった。

「〈辺境〉一のハンターよ、何故ここへ？」

「おれに付き合ってくれたのさ——もういい、帰ってくれ」

すると、霧が答えた。

「一年前、この村へ来た親子連れがいた」

世にも美しい声に、霧の向うにいる者たちも恍惚となった。

「彼らはここを訪れ、娘は血を吸われた。父と母は、〈辺境〉の掟にならって、娘の心臓に杭《くい》を打ちこんだ。そして、仇《かたき》を討ってくれとおれに依頼した」

「それじゃあ——あんたは最初からここへ来るつもりだったのか？」

ゲラクは眼を剝いた。貴族と化した眼球は、霧の向うで一刀を抜く世にも美しい若者を見た。

二つの影がDへと走った。

霧のうねりと化して、その頸部に巻きつき——床に落ちた。人の形をしていたが、首がない。

「ゲラク——本当は、みんなあなたに期待していたのよ」

タバチナの声はさらに低くさらに寂寥《せきりよう》を帯びていた。

「普通の人間に——元の私たちに戻れるんじゃないかって。ゲラク——私をどうするつもりだったの？」

「おれは……おれは……」

ゲラクは眼を閉じて首をふった。何もかも拒否するかのように。

「おれはおまえと——」

「逃げられやしないのよ。私たちの運命からは」

ゲラクのサイボーグ馬が声の方へ走った。

影と影とが溶け合うのも、悲鳴が噴き上がるのも、Dは予期していたのかも知れない。

馬上のゲラクがこちらを向いた。Dへと馬を走らせる。その口の牙を見た刹那《せつな》、Dも走った。

「ハンターになりたかったぜ」

サイボーグ馬が交差した刹那、首のような影が宙を飛び、それをしてのけた馬と騎手は足を止めずに走り継いだ。

急速に霧が引いていく。

荒野の一角でDはふり返った。

廃墟を陽光が染めていく。

そこで生じた悲劇を知る者は彼以外になかった。

すぐに歩き出した馬上の若者に、しかし、何ら感慨の風は感じられなかった。

第五話　嵐の宿

1

朝から重暗かった空は、夕暮れに到って音をたてはじめた。

雷鳴というより海鳴りに近い。数億トンの粘《ねば》い水が苦しみのあまり上げる轟《とどろ》きだ。

「あの音を聞くと、下っ腹が痛くなるぜ」

天に唾《つば》を吐きかけかねぬ調子で呻《うめ》いたのは、〈西部辺境区《セクター》〉の主要街道――海沿いの「海難街道」の脇をうねりながら続く「海蛇道《うみへび》」の上であった。

あちこちにつぎの当たった、それでもボロに近い防水コートが、空の轟きの先に待つ嵐に刃向かえるとは思えない。合わせ目から覗《のぞ》く二挺《ちょう》の火薬銃も、それなりに使いこまれてはいるが、自然の暴威には無力だろう。

「この分じゃ、川は船留めね」

あーあと諦《あきら》めの溜息《ためいき》を吐《は》いたのは、若者よりやや年上と思《おぼ》しい娘であった。コート姿の輪郭は細い。顔立ちもそれなりに美しいが、眼や口もとのきつさが〈辺境区〉の娘だと告げている。

「とにかく宿へ急ごうや。今日一日待てば雨も熄《や》むだろう」

「だといいけれど、あまり宿には泊まりたくないわ」

大雨での増水による川の氾濫を見越して、川宿には宿泊施設もあるが、あくまでも休息がメインだから、ほとんどは行き暮れた旅人たちを一室に集めてのざこ寝となる。女と見れば露骨に卑猥な言動をよくして恥じない輩《やから》も多いのだ。賞金のかかった犯罪者《クリミナル》の正体が暴かれ、斬り合いになった例もある。

会話の間も二人の足は止まっていない。

左右で雷鳴が轟いた。空が光る。

数分後、雨らしい降りが始まる寸前、背後からやって来たサイボーグ馬が二人と並んで止まり、鞍上《あんじょう》の男たちが、〈区政庁検察局〉のカードを示した。

鋭い眼つきで二人を眺めてから、

「ここへ来るまでに、旅人を見かけなかったか?」

「いえ」

と娘が答えた。検察局員たちは二人の身分証を要求し、それを見ながら、それぞれに名乗れと命じた。

「アダ・パーキン。流れのマッサージ師よ」

「ヤジュ・パーキン。弟だ。鍼師《はりし》だよ」

局員たちは眺めていた身分証を返し、道の先に眼をやった。

「ゴリアスという凶悪犯罪者が、『海難街道』へ逃げたらしい。この道へ入った可能性もある。気をつけて行くがいい」

「そいつの顔や特徴はわかってるんですか？」

アダが気味悪そうに訊《き》いた。

局員は苦々しく、

「――〈都〉で一〇人以上を殺したとしかわかっておらん」

「やべえなあ」

とヤジュが吐き捨てた。

「殺しの手口はどんなもんですかね？」

「剣だ。それも斬り口から見て、凄《すさ》まじい遣い手らしい」

「これは噂《うわさ》だが」

といままで周囲の様子を探っていたもうひとりが、

「噂だが、斬られた奴が、しばらくの間、ゴリアスの操り人形のようになって、追跡隊の邪魔をしたという」

「それは」

驚いたような口調だが、本気でそう思っているわけではない。貴族の支配する〈辺境〉で、歩く死者などざらにいるからだ。

「では、わしらは行く。気をつけろ」

役人たちは土を蹴り立てて去った。


こちらの二人が船宿へ辿《たど》り着いたのは、闇が落ちてからである。

周囲は土砂降りであった。二人は顔を歪《ゆが》めて雨の打撃に耐えた。異常に大きく速い雨粒の猛打であった。

幅八〇〇メートル超の川は灰色の濁流の彼方さえ、見ることは出来なかった。轟々《ごうごう》の水音は、時折雷鳴に掻《か》き消された。

ドアを開けると、ホールらしい広間であった。粗末な椅子やソファにかけていた人影がこちらを向いた。

中年過ぎの男が三名、二〇代半ばと一〇代未満と思しい娘がひとりずつ。

休憩用といっても、一応は宿だ。カウンターの後ろから初老の主人がやって来た。後ろの棚には安酒の瓶とグラスが並んでいた。

「泊りかい？」

「そうだ。個室はあるか？」

「そんなものは無《ね》え。このホテルで一晩明かすんなら、この広間で我慢するこった」

「わかったよ」

ヤジュは引っこみ、アダが料金を払った。

「相場より高くない？」

「嫌なら出てくんだな」

「――ね、びしょびしょなの。奥で着替えさせて」

「駄目だ。奥は倉庫でな。色々置いてある。盗《と》られちゃ敵わねえ」

「おい」

とヤジュが凄《すご》んだ。ホールの何処《どこ》かから声がやって来た。女だ。

「よしなよ、兄《にい》さん――その因業《いんごう》野郎に何言っても無駄だよ。裏に納屋がある。あたしはそこで着替えたんだ。三ギル取られたけどね」

「そういうこった」

主人が薄笑いを浮かべた。

その手もとに小銭を叩《たた》きつけるように置いて、

「行こうぜ、姉貴。外で待ってるよ」

「気をつけなよ」

女の声に送られて、二人は反対側の戸口から外へ出た。

雨すら見えない闇だ。小屋も溶けている。ヤジュが主人に声をかけようとふり返ったとき、稲妻が走った。

轟きの下に歪んだ小屋が浮き上がった。

「ん？」

二人は立ちすくんだ。

小屋の横にサイボーグ馬が一頭、雨に打たれている。騎手の姿はない。

「誰かいるんだ」

ヤジュが緊張の声を上げた。

「でも、親父は何も」

「多分——勝手に使ってるんだ」

「お金がないのかしらね？」

「——それとも、さっきの」

二人の役人は殺人鬼を追跡中だったのだ。

「ここにいろ。おれが行ってみる」

ヤジュは腰の長剣を抜いた。

「他のみんなにも」

「いい。かなりの大物だ。仕留めれば賞金が出る。独り占めにしようや」

アダもそれ以上の異議は唱えなかった。

ヤジュは素早く小屋に近づいた。足音を忍ばせる必要はなかった。雨音が自分以外の音を許さない。

木の扉の把手に手をかけ、思い切り引いた。

暗黒――ふたたび稲妻。

木の棚や積み重ねられた木箱やプラスチックケース――奥に捨てられたらしい古いベッドに鍔広《つばひろ》の旅人帽《トラベラーズ・ハット》を被った黒ずくめの男が腰を下ろしている。肩にもたせかけた長剣よりも、一瞬の光芒《こうぼう》に刻まれたものは――顔か。

ヤジュが呻くより早く、背後で恍惚《こうこつ》たるアダの声が上がった。

「……誰じゃ?」

と男が訊いたのは、数秒後《のち》である。

「お、おれは――船宿の親類だ」

咄嗟《とっさ》にヤジュは応じたが、よく考えついたものだ。

「――ここで何してやがる?」

「治療じゃ」

ふたたび闇に鎖《とざ》された美貌と嗄《しゃが》れ声とのあまりの落差に、二人は尻餅をつくところであった。

「入るか出るか決めろ」

うわあと、ヤジュの心臓が呻いた。これこそ、闇の男の声だ。

「治療って——怪我でも？」

アダが訊いた。いつの間にか殺人鬼の可能性は消失していた。

「放っておけ。じき治る」

「でも」

「放っとけよ」

ヤジュが鋭く言った。前方の闇へ向かって、

「おれたちは姉の着替えにこの小屋を借りたんだ。金も払ってある。立ちのけ」

「ちょっと」

「いいって」

稲妻がまたも照明を提供した。

二人は息を呑《の》んだ。

眼の前に長身の男が立っていた。

「あ、あ、あ」

意味不明の声を上げて、ヤジュは脇へのいた。そうせざるを得ない迫力を若者は備えていた。

前へ出ようとする彼を、

「待って」

とアダが止めた。

「着替えする間、向うを向いていて。すぐに済ませて出るわ」

「ほう、俠気《おとこぎ》がある娘じゃの」

また例の声であった。本気で感心している。

「けどよ、姉貴」

「いいの。出てお行き」

一見たおやかとしか見えぬ娘の何処にこんな凜然たる部分があるものか。ヤジュは口をつぐんで外へ出た。

扉が閉まるとアダは近くの棚の陰に入って、用意して来たバッグから替わりの衣裳《いしょう》を取り出し、濡《ぬ》れた服を脱いだ。羞恥《しゅうち》を感じはしたものの、すぐに忘れた。闇の中に浮かび上がった顔はまだ脳裡《のうり》から去ろうとしない。熱い。胸が熱い。

何とか着替えを済ませてから、弟のことなど忘れて、

「手当てはしたの？」

と訊いた。

「ここへ来る前に済ませてあるが、ま、効かんな。後はこ奴の体力と行い次第だ」

アダは足早に若者のベッドに近づき、すでに横たわっている彼の手を取った。

石の像と化した。彼の手に触れた指先から電撃のようなショックが脳天から爪先まで走ったのだ。氷どころではない冷気であった。違うものに触れた気がした。

「放っとけ」

嗄れ声が言った。それは左手から放たれていた。

「人間が何をしても無駄じゃ。気持ちだけ貰《もら》っておく」

「わかりました」

アダは数歩後じさってから背を向けて、外へ出た。雨が叩きつけて来た。軒下にヤジュが待っていた。アダは若者に触れた指先を握りしめた。雨などより遙かに冷たく、いっかなぬくもうとしない。

「大丈夫かい、姉貴？」

「見ればわかるでしょ」

「殺人鬼じゃねーの？」

「まさか」

アダは怒りをこめて言った。

「戻っても余計なこと言うんじゃないよ」

ホールへ戻ると、実直そうな男が、〝チョコレート〟ストーブに当たっていた。

「ここへ来て当たんなさい」

と誘って来た。

「ありがとう」

二人は勢いよく燃える円筒のそばに行って手をかざした。かなり強い。服がみるみる乾いてしまった。ストーブの燃料は粘土みたいな塊で、これを適当なサイズにちぎって放りこむ。その色と肌触りがチョコレートに似ているせいで付いた名だ。

肌がチリついて来たので、窓際のスペースに移った。

「別嬪《べっぴん》さんだねえ」

右方の壁際に腰を下ろしていた先ほどの女が艶然と微笑んだ。

「そんな」

「照れなくたっていいさね。誰が見ても美人は美人さ。ひと晩きりの縁かも知れないけど、あたしはロージー。見てのとおりの流れ人《びと》よ」

流れ人とは旅人と同じ意味だが、目的地がない。町から村へ移動するたびにその場で稼ぎ、また別の町村へ移る。芸人、娼婦《しょうふ》がその代表だ。ロージーと名乗った女は、乳房を半ばまで露出した衣裳といい、後者に間違いない。

実ではなく幹から採った果樹酒を口にしながら、アダは途中で出会った役人と殺人鬼の話をした。ロージーはゲラゲラ笑って、

「まさかとは思うが、気をつけなよ。こん中に殺しが大好きって男がいるかも知れないよ」

たちまち空気は緊張とどよめきを醸成した。

発条《ばね》のとび出たソファで一杯飲《や》っていた禿頭《はげあたま》が、商品が入っているらしいリュックを引き寄

せ、ソファの反対側で、折り畳みの小卓の上に薬瓶や小秤《はかり》を載せ、薬の計量に励んでいた丸眼鏡の前掛け姿は、手もとを狂わせたらしく、あわわわわと頭を叩きまくった。

最後の男は壁に背をつけて、サボテン・ウィスキーを一気に空けた。両腰の強化ゴムの戦闘ベルトと二挺の火薬銃、足もとのサドルバッグのベルトにつけた一〇本の手裏剣《ライト・ナイフ》から見て、旅の戦闘士だろう。こういう状況では喜ぶべき存在だが、彼が違うという保証はないし、驚くべきことに、少女が彼に身を寄せて、左手にしがみついたではないか。親子——子連れの戦闘士というのは〈辺境〉でも珍しい。

「剣の名人といや、この中にひとりしかいねえぞ」

宿の親父がカウンターの向うから、散弾火薬銃を肩づけして言った。狙いは戦闘士だ。

「よせよ」

戦闘士は鋭い眼で親父をねめつけた。

「娘にかすりでもしたら、ただじゃおかんぞ」

「そんなときは、あんたもズタボロさ。この銃にゃ、二〇発の散弾が詰まってるんだ」

「彼が殺人犯とは限らないわよ」

女——ロージーがきつい声で言った。

「顔も姿も知らないんだろ。それに、そんな奴が、らしい格好でうろつくはずはないさ」

いわゆるお尋ね者は、変装して渡り歩く者が多い。手配書や人相データが廻《まわ》っていれば、町や村には入れてもらえないからだ。

「そりゃそうだが、じゃあ、おれたちも殺人鬼の疑いがあるってことか？」

禿頭が唇を歪めた。

「おれはリヤカという酒商人だ。荷物の中身を見てくれればわかる」

バッグの蓋を開くと、確かに酒瓶が詰まっている。

「おれはビッカー。見てのとおり薬商人兼薬剤師です。川向うのデンステック村まで行く途中でした」

と計量男が挨拶をした。

「おれはムスダン——娘はシェイだ。礼を言う」

ロージーにそう言って、戦闘士は薄く笑った。

アダとヤジュも名乗った。

「よく似てるねえ」

と酒商人——リヤカが笑いかけた。

「二人して何処まで行くんだね？」

「カーライルの町までです」

「まだ大分あるねえ。一週間はかかるぜ。そこへこの雨だ。悪いことが続かなきゃいいけどな」

「これからってときに、ゲンの悪いこと抜かすんじゃねえよ」

とヤジュが凄味を利かせた。

2

「いや、これは失礼した。そんなつもりじゃなかったんだ」

リヤカは何度も首をふりながら、ソファに戻った。

アダは薬剤師のビッカーに、

「カーライルの町には叔父と叔母がいます。久しぶりに挨拶に行くんです」

と、笑顔で応対した。

「しかし、その歳で一週間は大旅行だ。薬は十分にあるのかい？」

「何とか保《も》つよ。二人とも健康だ」

売り込みと判断したヤジュは、強い口調で言った。

「しかし、川向うは〝インセクトランド〟と呼ばれてるくらいでな。性質《たち》の悪い虫が、それこそうようよだ。眠ってる間に窓から入りこむ奴や毛穴から忍びこむ奴、靴を食い破って足の裏からもぐりこんで来る奴、伝染病菌だって唸《うな》り声を上げてるぞ。無事でいられるもんじゃない。そこでな、いい万能薬があるんだ。〈都〉で仕入れたばっかりの新品さ。これを一日三錠、三回ずつ服《の》めば、どんな毒虫やバイ菌だって対処できる。安くしとくよ、ひとつどうだね？」

「いらねえよ」

　ヤジュはにべなく片手をふって、

「それより、あんた〈都〉から来たんだって？　ゴリアスもそうだぜ」

　疑心満々の物言いに、ビッカーはかちんと来たか、

「〈都〉から来た旅人が、みんな殺人鬼ってわけじゃないだろう。おれがそうだというなら、証拠を見せろ」

「あんたたち、本当の姉と弟なのか？」

　カウンターの向うで店主が訊いた。

「顔見りゃわかるだろうがよ」

「ところが、〈北部辺境〉じゃ、この頃、〝もどきマスク〟てのが流行ってて、それをつけると顔どころか身体つきまで思ったとおりに変えられるそうだ。信用できねえなあ。調べさせてもらうぜ」

「ふざけるな」

「おい──薬屋のおっさん、そいつの顔を調べてみな」

「おれがかい？」

「そうだ」

親父に銃口を向けられ、薬売りはすくみ上がった。

「人殺しの道具を下ろしな」

低い声が一同の視線を声の主に集中させた。

ふらりと立ち上がったのはロージーであった。怖れる風もなく、銃口の前に立ち塞がり、親父を睨《にら》みつけながら銃身を横へ押した。

その力より、自分を見つめる眼に店主は怯《おび》えたのかも知れない。銃が下りると、店主にウィンクひとつして、ロージーは元の位置へ戻った。

「ありがとうございます」

アダが頭を下げた。

「いいんだよ、よくあることさ」

飲みかけのグラスを手に取って、ロージーは耳を澄ませた。

「降りもそうだけど、風が強くなって来たね。この小屋保つのかい？」

「安心しな。頑丈だけは保証するぜ」

店主が嘲笑《あざわら》った。

と、その顔——いや全員の顔と身体に風が叩きつけた。雨もついていたらしく、一番近くにいたアダとヤジュが顔を覆った。

木戸はすぐ閉まった。その前にひとつの、世にも美しい人影を残して。全員が驚くより恍惚と頰を染めた。

「だ、誰だい、あんた？」

店主がようよう散弾銃を向けて訊いた。

「D」

と美貌が応じた。

「こいつぁ……話に聞いてたいい男――どころではないな」

戦闘士――ムスダンが呻いた。その横ではシェイが夢でも見ているような顔つきだ。

「あんた……何で裏から？」

店主が、ぼんやりと訊いた。

「傷を負った。治療の間、納屋を使わせてもらった」

親父の前のカウンターに、小さな銀の粒が二つ放られた。ちら、と見て、親父は顔をほころばせた。

「嵐が過ぎるまで使ってくれていいぜ」

「治ったんですか？」

とアダが訊いた。喜色と不安が顔を作っている。

「何とかのお」

嗄れ声が一同の度肝を抜いた。憑依体《ひょういたい》をつけた人間は珍しくないが、この若者とは落差があり過ぎた。

「じゃが、火が足りん。で、少し貰いに来たのだ」

「いいとも。いくらでも暖まってくれ」

若者――Dはしっかりした足取りで、ホールのストーブのところへ行き、両手をかざした。

黙然と見つめる人々の中から、

「おれはムスダン。戦闘士をしてる。――こっちは娘のシェイだ」

と名乗りが上がった。

そちらへ軽い一瞥《いちべつ》を送ってDは挨拶に代えた。その身体が白煙に包まれた。いや、水蒸気だ。コートや旅人帽の表面だけではなく、内側に染みこんだ雨が蒸発していくのだ。ストーブの火力は強いが、これはあり得ない現象であった。この美しい若者は、炎の中にとびこんでしまったのか。

しかし、一〇秒も経たずに離れると、Dはすぐに戸口の方へ歩き出した。

「待ってくれ」

店主が声をかけ、〈都〉から来た殺人鬼の話をした。

「この中にいるかどうかはわからねえが、万が一ってこともある。なあ、あんた、嵐が熄むまで用心棒をしてくれねえか？　その顔なら〝もどきマスク〟だって化けられやしねえ。信用できるのは、あんたひとりきりなんだ」

「やめておけ」

と嗄れ声が、左手から言った。

「こいつも狙われておる。おまえたちとは離れている方が、お互いのためじゃ。敵は平気でおまえたちも巻き添えにするし、利用するかも知れん」

凄惨《せいさん》たる気が一同を包んだ。この美しい若者も死神に追われているのか。いや、彼自身が死神かも知れなかった。

返事も聞かず木戸の方へと歩きはじめたDへ、店主が声をかけた。

「待ってくれ。やっぱりここにいてくれんか。殺人鬼と一緒じゃおちおち眠りも出来ん。あんたの敵は近くにいるのかい？」

「わからん」

と左手。

「なら、五分と五分でいない方に賭ける。頼む。用心棒代も払うぜ。五〇ダラスでどうだ？」

「さらばだ」

左手の声に、

「よかろう」

鋼の声が重なった。

「え？　――これはまた」

左手の驚きも尻目に、店主は助かった、とカウンターの隅へと走り、五〇ダラス札を一枚、Dに手渡した。

北の壁際に腰を下ろした黒いコート姿は、生きものというより、夢のように見えた。

誰も話しかけられずにいると、

「敵とは貴族か？」

とムスダンが訊いた。

返事はない。

「Dといえば、全〈辺境〉を通してナンバーワンの貴族ハンターと聞く。それを負傷させる相手も只者《ただもの》ではあるまい。何なら力を貸すぞ」

「変身体だ」

Dの声に一同が石と化した。

「それじゃあ」

とヤジュが呻くように言った。

「――もしかして……こん中に？」

リヤカが喚《わめ》いた。

「よしてくれ。殺人鬼に貴族子飼いの変身怪物か。まるで化物屋敷じゃねえか」

素早く荷物を引き寄せ、

「おれは出て行くぜ。貴族の仲間や人殺しと一緒にいるくらいなら、嵐の方がましだ。幸いテントもある」

「外にいないとは限らないわよ」

ロージーが面白そうに言った。

「出た途端に屋根の上から手が伸びて来てさ」

酒商人は返事もせず、防水コートを着てドアに向かった。

風と雨にためらいもせず、出て行った。

「気の短いおっさんね」

ロージーは肩をすくめてから、ムスダンのかたわらの娘に眼をやった。事情もわからず父にすがりついている。そこへ近づいて、

「怖くないよ、お嬢ちゃん。これだけ男が揃《そろ》ってるんだ。しかも、〈辺境〉一のハンターまで仲間に入ったしさ」

優しく小さな頭を撫《な》でてから、Dの方を見ないようにして、

「こんないい男がいるなんて、〈辺境〉も捨てたもんじゃないね。いつもならにじり寄って口説くとこなんだけど、あんまりいい男すぎて、そんな気も起こらないよ」

「近づくな」

と左手が言った。

「おまえたちの誰が敵とも限らん。首がとんでから違うと言っても遅すぎるぞ」

沈黙が一同を覆った。それは恐怖で出来ていた。それまでの殺伐としていても人間同士らしい雰囲気は失われていた。

Dが不意に咳《せ》きこんだ。

アダが不安そうに、

「あの——怪我は？」

「完治しとらんようじゃな。毒牙《どくが》に嚙《か》まれた。相手にも手傷を負わせたが、はじめての猛毒じゃ。貴族も色々と手を打つわい」

「聞き捨てならないな」

とビッカーが立ち上がった。

「おれは薬屋だ。新しい薬も、おれしか知らない調合法もある。何なら試してみろよ。勿論《もちろん》、金は貰うけど」

「不要じゃ。人間の薬ではどうにもならん」

「試してみなきゃ、わからないだろ？」

ビッカーは食い下がった。

「効かなかったら銭は要らねえ。その代わり効いたら、誰よりもおれを守ってくれ」

「ちょっとお」

ロージーが凄んだが、薬屋は気にせず道具を並べて調合に取りかかった。

「ダンピールの血液成分には、人間とも貴族とも違う点が幾つかあってな。それをひとつずつ潰していけば、割合楽に毒への対抗薬が作れるんだ」

「どんな毒か知らなくていいのか?」

とムスダンが訊いた。

「おれは千人単位のダンピールを診《み》て来た。どんな毒に効き目があるか、ちゃあんとわかってるよ。余計なことを言うな」

「何よ、エラソーに」

いきなり、シェイが唇を尖《とが》らせた。

「うちのパパはとっても強いんだから。失礼なこと言うと、あんたなんかすぐ首がとんじゃうわよ」

ロージーがのけぞるようにして笑った。ビッカーが噴き出し、舞い上がった粉薬を吸いこんで、笑いながらゲホゲホやりはじめた。アダもヤジュも後に続いた。

一転した雰囲気に、

「子供にゃ勝てねえな」

店主が苦笑し、カウンターの向うからキャンディーを一本取り出して、ほらと身を乗り出した。シェイが走り寄って、ありがとと受け取り、父のところへ戻った。

「このうちの誰かが殺人鬼だったら悲しいわね」

とアダがつぶやいた。和やかな雰囲気が醸成されつつあるのだ。

「ありゃ⁉」

ビッカーが悲鳴に近い声を上げた。

「おい、天井から雨漏りだぞ。宿泊代取るんなら、修理ぐらいしとけ」

「おかしな言いがかりをつけるんじゃねえよ」

店主が散弾銃片手にカウンターの向うから出て来て、天井を見上げた。

その横に黒い影が寄った。右手が垂直に上がって、白光が天井を貫いた。

短い悲鳴に破砕音が重なり、板や角材の破片と一緒にひとつの影が落ちて来た。

蛇のような眼をした男であった。その動きも蛇そっくりであったが、するするとDの方へと這い進み、その足もとで動かなくなった。

「こいつが敵じゃ」

と左手が言った。

「天井裏に潜んで、こっちが寝てから襲いかかるつもりだったのだろうが、侵入部を塞いでおかなかったのが運の尽きじゃ」

何となく納得したのか、誰も何も言わなかった。

Dのみが動きで異を唱えた。

敵の髪の毛を摑《つか》んで蛇そっくりの平べったい頭部を持ち上げ、子供くらいなら吞みこめるほどの口と垂れた舌を指さした。みなが息を吞んだ。舌には三〇センチもある白木の針が突き通っていたのである。その鮮やかな手練が沈黙を生み、Dが破壊した。

「おれは心臓を狙った。こいつは舌で受け止めたのだ。そこを別の者に殺《や》られた」

俯《うつぶ》せの男をDは裏返しにした。

どよめきが上がった。

おびただしい小さな傷口から鮮血が流れ落ちている。傷口は一〇〇を超すだろう。一〇〇本の針が胴体を貫き、うち数本が心臓に命中したのだ。

Dが天井を見上げているのに、みなが気がついた。

「気配はないが、まだいるな。こいつと同じくおれを狙う奴が。おれにかかった賞金でも奪い合ったか」

Dの事情よりも、まだいるという言葉に、人々は戦慄《せんりつ》した。足下の化物を凄まじいやり方で斃《たお》した別の妖物が、この宿の何処かに潜んでいるのだった。

3

三人の敵がいた。うちひとりはいま滅び、残るは二人。

死体を前に誰も口を開かなかった。

右方の奥で、ガチリと撃鉄を上げる音がした。

カウンター向うの店主であった。肩付けした二連散弾銃をDに向け、

「あんた――出てけよ」

ひどく硬い声で命じた。

「どうしてよ⁉」

ロージーが素早く抗議した。

「〈辺境〉一のハンターじゃないか、ひとりで十分だよ?」

マスターはDに顎《あご》をしゃくり、

「けど、自分で言ったろ。彼を負傷させた奴を斃した化物が、近くをうろついているんだぜ。彼がいなくなりゃ、そいつも消えちまう。残る殺人鬼は人間だ。なら、おれたちだけでも何とかなるかも知れん」

「そういやそうだぜ」

薬屋のビッカーが大きくうなずいた。そして、

「いやいや、待ちなよ」

と自分に異を唱えた。

「そいつは剣の名人でどんな姿をしてるかわからねえんだろ。いきなり正体を現わしたとき、

本当におれたちだけで始末できるかよ?」

「パパがいるわよ!」

幼い声は自信満々であった。

「それはそうだが――」

店主が少し口ごもってから言った。

「正直、あんた殺人鬼相手に勝てるかい?」

「正直、自信はない」

とムスダンは首をふった。

「嘘よ。パパは誰にも負けない。殺人鬼くらい何よ」

「だそうだ。どうだい、パパ、頑張ってみたら?」

店主は小馬鹿にしたような笑いを浮かべた。

Dは裏口の方へと歩き出した。もともと、暖を求めて来ただけの縁である。

「待って下さい」

アダの語尾に、嗄れ声が重なった。

「こ奴がいなくなれば、少しの平和が訪れる。いまのおまえたちに必要なものは、それじゃ」

闇と雨音の中に美しい後ろ姿が呑みこまれた。

「あいつを追いかける刺客《しかく》って――どんな野郎だ?」

ヤジュが眉を寄せた。

「それより、こっちはこっちで守りを固めなくちゃあね」

ロージーが不安げに自分を抱きしめた。

「殺人鬼は誰か」

とムスダンが重々しく言って、みなを緊張させた。

「何とか見破る手はないのか?」

首を傾げる店主へ、

「おい、お茶ぐらい飲ませろよ」

とヤジュが促した。店主はじろりと彼を睨んだが、黙って銃を下ろし、電子ポットのスイッチを入れた。こんな宿にも自家発電は装備してあるのだ。

沈黙が座を占めた。疑心暗鬼が全員の間を巡り、裏口のドアへ視線を走らせた。

いまそこから、世にも美しいハンターが戻って来てくれたら。

風雨の叫びが窓とドアの隙間から忍びこんで来る。

「おい、薬屋さん」

店主が声をかけた。

「みんなの景気づけに、お茶に入れる栄養剤かなんかねえのかよ?」

「あるとも。ただし、値が張るぜ」

「あたしゃ、真っ平ごめんだよ」

とロージーが両手をふり廻した。

「そんなおかしな薬、飲めるもんか。薬屋さんが刺客か殺人鬼かわかりゃしないんだ。毒でも入れられたらイチコロさね」

「そういやそうだがよ」

店主は苦笑した。

「じゃ、まっさらのお茶だ。サービスするぜ。遠慮なく飲《や》ってくれ」

「やけにサービスがよくなったじゃねえか」

ヤジュの嫌味に、

「嫌ならよしな。他の連中だけにするぜ」

「ごめんなさい——二人ともいただきます」

アダが取りなした。

カップに注がれたお茶は、色と香りからしてオニコブシのようであった。体内殺菌を行い、冬は身体を温める。大概の宿やホテルの常備品である。

トレイに湯気の立つカップを載せて、粗末なテーブルにトレイごと置いた。

それぞれの手が伸びた中にひとりだけ欠けていた。

「どうした、お嬢ちゃん。毒は入ってないよ」

にやつく店主へ、少女——シェイははっきり、嫌よ、と撥《は》ねつけた。

「その匂い——嫌いなの」

「我慢して飲まんか？」

ムスダンが優しく言ったが、への字の口は、激しく左右にふられた。

結局、シェイ以外の全員が口をつけ、みな渋い顔になった。言語に絶する不味《まず》さだったのである。

それでも暖まるためと何とか飲み終え、さて、次は何をするかということになった。

殺人鬼がいるなら暴き出す必要がある。その方法は？

「乱暴なやり方だが、手はある」

ムスダンがストーブを見つめながら言った。

「おお、さすがは戦闘士だ。どうやるんだね？」

ビッカーが喜色満面で訊いた。

「おれは職業柄、治療薬を持っているが——親父、ここにも用意はあるか？」

「そら……あると思うぜ」

「ならばよし」

ムスダンは立ち上がった。この状況で眼のあたりにすると、いままで気がつかなかった巨大なものに見えた。もとからの巨体に、別のものが貼りついているのだ。戦闘士としての苛烈な日々をくぐり抜けて来たものが。

「ちょっと、何をする気だい？」

ロージーが青ざめて、救いを求めるようにシェイを見た。

「パパ」

少女が父の剣の鞘《さや》を摑んでゆすった。顔は父を見ているが、眼は閉じていた。

「女は後だ」

とムスダンは歩き出し、ヤジュの前で止まった。

「片手を落とす」

「何ィ⁉」

「剣を使う殺人鬼だから、片手を失くしては務まるまい。逆らえ」

反射的にヤジュは剣の柄《つか》に手をかけた——その一瞬、白光が手首をかすめた。

絶叫が噴出し——瞬止《しゅんし》した。それから、もう一度、うわわと噴き上がった。

「手首がねえ。なのに、痛くねえし——血も出ねえんだ！」

「薬を塗ってから、すぐくっつけろ。半月で元に戻る」

全員の視線がムスダンに集中した。名も知らなかった戦闘士の腕の冴《さ》えに対する驚嘆よりも、次は誰の番かと戦慄したのである。血が出ず痛みもないも元に戻るも関係ない。

「おい、やめろ」

カウンターの後ろに入った店主が、火薬銃を向けた。

その顔面に、がつんと音をたてたものがある。ブリキのカップであった。

「いいぞ、シェイ」

投擲《とうてき》した娘に言い放って、ムスダンは床を蹴った。カウンター内に着地するなり上段からの一刀——店主の腕は火薬銃ごと床に落ちた。

「待ってくれよ。おれは半月も片手にされたら、飯《めし》の食い上げだ。勘弁してくれよ」

哀願するビッカーの手も舞った。ロージーが後じさりしながら呻いた。

「まさか、女を斬ろうってんじゃないだろうね。裏のハンターに言いつけるよ」

「半月の我慢だ」

じり、とムスダンが間合いを詰めた。

ロージーはひいっと洩《も》らして裏のドアへと走った。

ムスダンが追いすがる。ふりかぶった一刀は、容赦なく女の肩へふり下ろされるだろう。

だが——斬光が走る前に、ドアが開いた。

吹きこむ雨と風——そして見覚えのある人物が二人の動きを止めた。

稲妻の光が照明と争い、影になった男の顔を露わにした。

「酒商人か」

とヤジュが手首の失われた左手を押さえながら言った。立っているのは、全身濡れネズミのリヤカであった。

彼は数歩屋内へ入った。

みなが誰かの言葉を待った。

リヤカが嚙みしめるように、

「しくじった」

と言った。その口から、ごぼっと血が溢《あふ》れ、左胸のあたりに急速に赤い染みが広がった。さらに二歩進んで、板みたいに前方へ倒れた。

反射的に全員がドアへ眼を向けたが、雨と風と闇を映したばかりだった。

ヤジュが戸口へと走って、

「D——あんたか⁉」

と叫んだ。返事はない。なおも、

「こいつは何だったんだ？　ただの酒商人なら殺人だぞ」

「刺客のひとりじゃ」

雨と闇の彼方から応じたのは嗄れ声だった。前と変わらない大きさと口調なのに、雨も風も難なく貫いた。

「その男は宿を出てすぐ、刺客に殺害され、身体を奪われた。おまえたちに追い出されて外へ出たが、野宿どころじゃない。おれも入れてくれと納屋へ入って来た。油断させたと思ったか、襲いかかって来たが、返り討ちにしてくれたわい」

　嗄れ声は、ふぉふぉふぉと笑った。

「何にせよ、わしらはそちらの騒ぎとは無関係じゃ。ひょっとしたら、その死体に憑《つ》いたものがいたように、おまえたちも狙われるかも知れんが、そこは運命だと諦めるがよろしい」

「待てよ、いま、こっちじゃ殺人鬼を当たってるんだ。なあ、犯人捜しを手伝ってくれねえか？」

　ヤジュの声を雨が撥ね返した。

「よしなさいな、ヤジュ」

アダが弟の肩に手を乗せて、戸口から離した。ドアが閉じると、ふたたびそこにいる者たちだけの世界が現われた。弟も姉もまだ脱け出すことは出来ない。

「済まんが、女性たちにも覚悟してもらおうか」

　ムスダンの低い声が全員を現実へ引き戻した。

「やだよ、やめとくれ」

　いちばん彼の近くにいたロージーが後じさった。再開だ。

「やめろ！」

　ヤジュが叫んで走った。

　ムスダンの表情が変わった。ヤジュは少し離れたところにいた彼の娘――シェイの喉へナイフの刃を押しつけたのだ。

「何をする⁉」

「見りゃわかるだろうよ」

ヤジュは嘲笑った。

「この娘《こ》も女だ。例外にゃしねえよな？　なら、いま、おれが片手を落としてやるぜ」

「その子はまだ子供だ」

「役人は犯人が子供じゃねえとは言ってなかったぜ。ひょっとしたら、あんたこの餓鬼姿をした殺人鬼に操られてるんじゃねえのかよ？」

全員が、平手打ちを食ったような表情になった。

まさか。だが、催眠術に長《た》けた犯罪者ならそれは可能なことであった。

「違うわよ、私とパパはずうっと一緒に旅をしてるのよ。放して」

シエイの叫びに、ただちに応じる者はいなかった。

「そういや、おれも色んな〈辺境〉を旅して来たけど、子連れの戦闘士なんて、聞いたこともないね」

ビッカーが低い声を震わせた。

「こいつは臭うぜ」

ヤジュがアダへ眼をやったが、美しい姉は無表情に戦闘士を見つめていた。判断がつかない

──当然のことだ。

「おれは〈辺境〉を一〇年以上旅している。さっきの技を聞いたことがあるか？」

ヤジュは沈黙した。〈辺境〉は広大だ。血も流さず痛みも感じさせぬ剣技も、少しの間は狭い地方の話題になるかも知れないが、すぐその広さに呑みこまれてしまう。子連れの戦闘士もそのひとつかも知れなかった。

ヤジュの顔から殺気が消えた。が、すぐに凶気を奮い起こして、

「そこの娼婦ならいい。だが、姉貴にゃ手を出すな。小娘の生命が惜しけりゃなあ」

と凄みを利かせた。

その横顔を風が打った。

──⁉

誰もが驚きと恐怖をこめて裏口のドアを見つめた。

ふたたび開いたドアはすぐに閉じ、後ろ手にそれをした世にも美しい若者に注目を譲った。

「お取りこみ中のようだの」

嗄れ声は実に愉《たの》しそうであった。

「──何の用だ？」

とムスダンが、ぞっとするほど殺気に満ちた声で訊いた。いや、殺気はいまも注ぎこまれつつあった。その精神《こころ》に、剣に。

「おまえたちの中に、刺客がいるかも知れん」

おお、と誰かが呻いた。Dの声であった。

「おれが始末をつけねばなるまい」

「余計なお世話だ。こっちはそれどころじゃ――」

喚くヤジュをアダが肩をゆすって止めた。

「よしなさい。心配して来てくれたのよ」

「何にせよ、ハンター、これはあんたとは無関係のことだ」

とムスダンが言った。

「殺人鬼を焙《あぶ》り出す。男たちの手は落としたが、抵抗はなかった。後は女たちだ」

「殺人鬼が承知で斬られたらどうする？」

とDは続けた。

「猛《たけ》る血を鎮めず、また生命を奪い取るためだ。それくらいのことは耐える」

「なら、あんたはいい手があると？」

ムスダンはDを凝視した。

そのとき、天に稲妻が走り、戦う二人の男の顔を白く染めた。

4

「まずは、おれの相手を捜させてもらおう」

とDは言った。その顔は闇に沈み、瞬時にかがやいた。ロージーが乳房に手を当てて、ああ、と洩らした。ばかりか、店主もカウンターの向うで眼を閉じ、瞳に映った若者の美貌に没入していた。

「断る」

ムスダンが応じた。

二人の間にいたビッカーが、あわわと右へ逃げる。他の連中も我知らず一歩下がった。

「ここでおれの狙いをかき廻されては困る。まず、女二人の手を落としてからだ」

「三人だ」

ヤジュが片腕の中の娘を見下ろして叫んだ。

ムスダンの表情を苦悩がかすめた。

「どうする?」

とDが訊いた。

応じず、ムスダンは長剣を下ろし、鞘に収めた。

後じさって壁を背に立ち、

「娘を戻せ」

とヤジュに言った。

「そうはいかねえよ。またおかしな真似をされちゃ敵わねえからな」

「放せ」

と言ったのはDである。

何の脈絡もなく、ヤジュは死を意識した。

「放しなさい、ヤジュ」

アダであった。

ヤジュは娘を解放した。

走り寄って来たシェイを、父は強く抱きしめた。

この瞬間、誰もが、終わった、と思った。殺人鬼は休憩の間に入り、ここに集った幾つかの運命は、Dの足取りについていくのだった。

「さて、刺客とやらは、何人いるんだ?」

とムスダンは訊いた。

「二人か」

それから落ちた沈黙の果てに、

「その刺客は憑依専門か？」

とムスダンはまた訊いた。

「恐らくは。憑いたら死人でも動かせよう」

「そいつぁ凄い」

戦闘士は苦笑して、

「すると、ここにいる全員が容疑者なわけだ」

「そうなるのお」

いきなり嗄れ声であった。

「あんたにも憑いてるんじゃねえの？」

店主が、疲れ切った表情で言った。

「どう焙り出すんだよ？」

とヤジュが荒っぽく訊いた。

「手はないのお」

「何ィ？」

「敵もさるものでな。いくら考えても浮かばんのじゃ」

「そんなら、納屋で頭を絞ってたらどうだい？」

とヤジュが言った。喧嘩《けんか》腰《ごし》である。さっきDに救いを求めたことなど、きれいさっぱり忘れ果てているらしい。

「ここへ来たから浮かぶってもんじゃねえだろうが。刺客の正体がバレて、ここで暴れて、おれたちが巻き添えを食ったらどう責任を取るつもりだい？」

「巻き添えになったら、責任を取ってもわかるまい」

左手の答えに、空気がぎんと冷えた。

「と、とにかく、納屋へ戻ったらどうです？」

とビッカーがなだめるように言った。いまの騒ぎの元はDだ。彼さえ追い出せれば何とかなる——実はムスダンの女斬りが再開されるだけなのだが、この単純な薬売りには、そこまで思いつけないらしい。

「少々寒いな。おい、店主、温かいのを一杯よこせ」

と左手が要求した。

店主は傷口を撫で廻しながら、

「あんたらの口に合うかねえ」

「いいから、出さんか」

「わかったよ」

店主は捨てばちに言い放って、

「みなと同じでいいな？」

と訊いた。

「温かければ、酸でもいいぞ」

「へいへい」

すぐに出されたカップをDは二つ受け取って、ひとつをテーブルに載せ、左手の平を被せた。

ちゅうちゅうと中身を吸いこむ音がした。

Dはひと口飲《や》って、カップを戻した。

時間にして一秒――

異様な呻き声が室内に満ちた。誰か、というのではない。強いて言えば全員だ。

みながよろめき、次々に床へ倒れていくではないか。

「――て、てめえ」

ヤジュの声が全員を代表していた。それを向けられた男は、にやりと唇を歪めた。

この宿の店主であった。

「調薬したとおりの時間だ」

彼はDの方を見た。動かない。

「効いてるようだな。あんたが来るとは思わなかったので、他の奴らには効いて来る時間を長めにしといたんだ」

「どうしてこんな真似するんだよ？」

とロージーがソファにしがみついて呻いた。

間を置かず、アダのより低く、しかし、ずっとはっきりしたアダの声が、

「あなた——殺人鬼ね？」

と聞こえた。

「適中だ」

店主は声もなく笑った。

「この店の親父は、おまえたちの誰が来るより早く、始末して川へ流した。ひとりずつやって来るたびに胸が震えたぜ。ああ、まとめて殺せるってな」

彼はカウンターの後ろへ行って、すぐ現われた。右手には長剣が握られていた。

「おれはみんな薬で痺《しび》れさせてから、この刀で身体中を斬って廻るんだ。まず両眼をえぐり、それから両手の腕を一本ずつ切り離す。面倒なときはまとめて落とすけどな。それから脚だ。これは指落としても詰まらねえから、膝から二つにする。鉈《なた》がありゃ一発だが、ここにゃ見当たらねえから、剣で——そうさな、五回斬りゃ落ちるわ」

「やめて……やめとくれ」

ロージーはすすり泣いた。

「それが出来るくらいなら、人殺しなんかしてねえよ」

店主は舌舐《したな》めずりをして、Dを見た。

「おめえも運が悪い男だな。もう少し納屋に入ってればいいものを。いや、入って来たときは気が気じゃなかったぜ。他の連中の薬が効きはじめたら、ぶち壊しだ。おとなしく薬を服《の》んでくれて助かった」

店主は長剣を手に、真っすぐアダのところへやって来た。

アダは顔を下げなかった。

「おお、こら気の強え姐《ねえ》ちゃんだな。たまにいたぜ。大の男が泣き叫ぶ中で、おれを睨みつけるのがよ。けどなあ」

彼は膝を曲げ、アダの顔を正面から見つめた。片手で髪の毛を摑み、顔を寄せて来た。

ベロリと頰を舐められ、アダは嫌悪に身を震わせた。

「やめねえか、このど変態！」

ヤジュの声は嗄れていた。

「何だ、その言い草は？」

店主は眼を剝《む》いた。身体中から憎悪がこぼれ落ちた。

「よおし、じゃあおまえの姉貴の耳から落としてやろう。断っとくが、この薬は身体を痺れさせるだけじゃねえ。痛みを増幅するんだ。〈都〉の病院から患者に化けてかっぱらって来たんだが、おれには宝物だ。調剤した医者も、おれと同じ種類の人間だったのかも知れねえな、へっへ。まあ、その結果をよく見てろ」

店主は立ち上がって長剣を抜き放った。

沈黙と麻痺《まひ》の世界に、狂気のみが自在に剣をふり上げ、世界の支配者たることを証明しようとしていた。

剣は下ろされた。

その軌跡はアダの耳へ触れる寸前、大きく乱れたのである。

ロージーとビッカーが小さな悲鳴を上げた。

店主はまだ笑っていた。天井近くまで舞い上がった首が。それは血の帯を引いて飛び上がり、よろめく胴体の上に落ちた。切り口が見事に重なり、血が跳ねた。そして、朱の一線を首に留めたまま、殺人鬼は仰向けに倒れた。首はそのままであった。

行為の主の名は言うまでもない。

Dの背で血の一点もない刀身が、ちんと鳴った。

「あんただけ——どうして？」

ヤジュの声に、

「おまえたちと同じ薬で、同じように麻痺していては、この仕事は務まらん」

と嗄れ声が言った。

「たとえ百倍強くてもな」

「解毒薬はあるか？」

とDがビッカーに訊いた。

「あ……あ……る」

痺れた声で何とか応じた。

Dは彼の鞄《かばん》を開けて、中を探り、中くらいの瓶を取り出した。ラベルを読んで、アダに近づき、瓶の口を唇に押しつけた。

「ひと口だ」

何とかうなずき、アダは苦い液体を流しこんだ。痺れが溶けるまで五秒とかからなかった。

Dは彼女の手に瓶を持たせて立ち上がった。

全員が自由を取り戻すと、

「大したものだ」

とムスダンがDを見つめた。

「お互いの用件が片づいたら、是非とも手合わせ願おうか」

返事は無論ない。

「後は、刺客だけか」

とヤジュがつぶやいた。Dへの声は、ずっと弱々しく、ある意味優しくなっていた。

「さあて、どう見つけるのか、お手並み拝見だぜ。このおっさんみてえに、みなの片手でも落とすか」

そのとき、ムスダンが玄関の方へ眼をやった。

「サイレンだ——ここを出た方がいいぞ」

シェイを抱き上げた。

「洪水警報か」

左手が鬱陶しそうに言った。〈辺境〉の川にはすべてではないが、水位のチェックを行うメカが仕掛けられている。サイレンはその最悪の結果を知らせるものであった。

二つの戸口から、ドアの隙間から黒い水が流れこんで来た。

ロージーとビッカーの悲鳴が水音を圧して鳴り響いた。

「流れは弱い。慌てず外へ出ろ。街道の方へ逃げるのだ」

ムスダンが冷静な声で指示した。ロージー、ビッカーが水しぶきを上げつつ外へと消えた。

ビッカーは左腕を摑んでいた。

「姉貴——逃げよう」

ヤジュがアダの腕を引いた。水はまだ足首程度だ。逃げるのはたやすい。

アダは二、三歩水を切り、ふり返って、

「D——あなたも早く」

と言った。

「行かんか」

左手の声に押されるように、姉弟は走り去った。

「さてと」

左手が意味ありげな声を出した。

「いい具合に水が出よった。つけ目だと牙《きば》を剝くかと思ったが――おっ⁉」

貴族――吸血鬼の血を引くダンピールがDだ。貴族の弱点たる流れ水は、彼の動きも大きく鈍らせる。

いまや脛《すね》まで届いた水の中に立っているのはムスダンであった。シェイの姿はない。自力で街道へ逃げたのであろう。

ムスダンが一刀を抜いた。Dの背も鍔鳴りの音をたてた。

水しぶきが二カ所で上がった。ともに八双に構えた影が疾走を選んだのだ。水はどちらの側につくか。

ムスダンが上体を曲げた。剣が水に沈む。間合いは三メートル。おおと左手が呻いたのは、虚をつかれたせいか。

水中から躍り出た光がDの右肘を斬り上げるや、腕はそこから断たれた。

勝利の笑みを湛《たた》えた顔が、しかし、苦痛に歪んだ。肘から断たれたDの右腕は、その手の刀身ごとムスダンの心臓を貫いていたのである。

「見事」

あとがき

突如、気が狂った。

第一話を書き始める前に、

「ミステリしてみようかな？」

と思ったのである。

勿論、Dの世界でガチガチの本格物は無理だ。私の性格なら、すぐに、

「やーめた」

となってしまうのだが、今回は違った。

「やってみ」

と誰かが囁《ささや》いたのである。正体は不明だ。

ミステリは嫌いではない。

大学時代の所属団体の名称は、

〈推理小説研究会〉

だったから、それまでは手に取りもしなかった古典ミステリから現代ものまで、かなり手広

く読んだものである。

最も性に合ったのは、本流とはいえないコーネル・ウールリッチの『喪服のランデヴー』であった。ウールリッチはウィリアム・アイリッシュ名義で、かの江戸川乱歩氏が「世界十傑に値す」と絶賛した『幻の女』を書いているが、私はこちらの方が遙かに好きであった。

私は日本人の心性には、理性より情緒が合うと思っていて、『幻の女』にも驚いたが、『喪服〜〜』は涙が出た。何度読んでもだ。

ま、ここで話し出すと、いつまでもたっても先へ進まないから、やめておくが、私の記憶によるとかなり新しいミステリ・ベストでは、『幻の女』ではなく『喪服〜〜』の方がベスト10に入っていた。正直仰天したが、やっぱりな、と思わないでもない。

主人公とヒロインのあまりにも理不尽な別れから、ラストの真の別離まで感動しない読者はいないだろう。実は『喪服〜〜』には、女性の側からすると致命的な大欠陥があるのだが、男性読者はみな、

「それは置いといて」

と言うはずだ。

『幻の女』は映画にもなり、TVでも何度かやった。『喪服〜〜』もTV化されたが、主人公と刑事があまりにも日本臭くてうんざりした。やはりあれは、アメリカの小さな町の出来事で始まり、そこで終わらなくてはならない。

ここで我がミステリのベストとか、他に好きな作品とかやりだすと、またもキリがなくなるので、またいずれ。ひょっとしたら、ＦＣ用のエッセイ「外谷さんブデブデ日記」でやらかすかも知れません。

さて、とにかく取りかかってみたが、「鬼哭旅」の苦労はひと通りのものではなかった。

「これどーだ？」

「幾らなんでも無理でしょ」

の連続。そもそも超科学や魔法がＯＫの世界でミステリやろうというのが、ミスなのだよ、明智クン。

それでも何とかやってのけたのは、いつも発狂状態にいたお蔭である。

そしていま、ゲラを見終わった途端、正気に戻ってしまった。

恐怖が全身を襲ったが、もう仕方がない。知らんぷりして、みなさんにお届けいたします。

よろしかったら、Ｄの探偵（？）ぶりに是非拍手を。

二〇二一年十月某日

『マローボーン家の掟』（二〇一七）を観ながら

菊地秀行

吸血鬼《バンパイア》ハンター39

D－鬼《き》哭旅《こくたび》

朝日文庫
ソノラマセレクション

2021年11月30日　第1刷発行

著　　者　菊《きく》地《ち》秀《ひで》行《ゆき》

発 行 者　三 宮 博 信
発 行 所　朝日新聞出版
〒104-8011　東京都中央区築地5-3-2
電話　03-5541-8832（編集）
03-5540-7793（販売）
印刷製本　株式会社 光邦

Published in Japan by Asahi Shimbun Publications Inc.

ISBN978-4-02-265015-3